伝承秘話

唐人お吉

君が心は
やまとなでしこ

石垣直樹

万来舎

はじめに

「いじめ」……本当に嫌な言葉ですね。

誰しもが、日々笑いあって過ごしたいと思っているはずです。

「いじめ」はいつも近くにあります。ある日突然、自分がいじめる側になるかもしれないし、ある日突然、自分がいじめられる側になるかもしれない。人と人とは平等であると教わったはずなのに、同じ人間であるはずなのに、昨日まで友達だと思っていたのに……。

「いじめる側」と「いじめられる側」との間にある違いって何でしょう?

ある人は、人が人である以上、いじめはなくならないといいます。そして、「小さな世界」であるほど起きることだと言います。だから、学校や教室という小さな世界の中で起きやすいのでしょう。

この物語の主人公「お吉」(本名は斉藤きち)さんが、青春を生きていた時代、江戸時代末期は、日本という小さな島国の中に、およそ二百八十の小さな国(後に藩《はん》と呼ばれます)がひしめきあっていました。その中に小さな村や集落があり、殿様の許しがなければ、その小さな国すらも出ることはできませんでした。

そして仮に国を出ることができても、移動するための電車や車、飛行機、しっかりとした道路さえもありません。山ひとつを越えるために、草をかき分け、険しい山道を何時間も歩き通さねばなりませんでした。もちろん、今のようにテレビやインターネットなどもありません。

ですから、情報がまったくない世界で、目の前の小さな世界、家族や周りの村人、そして、口から口へと伝えられ、耳から耳へと聞こえてくる不確かな情報だけがすべてという、小さな小さな世界で人々は生きていました。

今より不便で貧しかった時代、人々は肩を寄せ合って、助け合って暮らしていました。でも、そんななかにあっても「いじめ」はあったのです。村の決め事などを破った罰《ばつ》として集団で無視をするという、「村八分《むらはちぶ》」と言われる行為もその一つです。これは今でも差別用語として使われています。

お吉さんがいじめられた理由は「異人《いじん》」と接触したからです。

日本という国の意識もあまりなく、まして、二百数十年続いた「鎖国《さこく》」（外国の船が日本に入れないように国を閉ざしてしまうこと）の世、海の向こうの外国など想像もできなかった時代です。

金色の髪に青い目、背は日本人よりはるかに大きく鼻が高い……鬼か天狗《てんぐ》か？　当時の人々の目にはそう映ったようです。そう、人々にとって異国の人は「異なる人」であったのです。

お吉さんは、この異人と呼ばれる人物の世話をする係を命じられました。そのために、人々から「あなたは日本人じゃない」という意味を込めて、「唐人《とうじん》」などと呼ばれてしまいます。

「お吉を触ると手が腐る、お吉を見ると目が腐る」という非情なまでの差別に遭《あ》い、その差別はお吉さんがこの世を去っても続けられます。

お気付きでしょうか。小さな小さな世界しか知らない村人が、大きな大きな世界を知っているお吉さんをいじめたことになります。

いじめる側にも「理由」があるなどという人がいます。しかし、いじめという行為の前に正当化されていい理由などあるでしょうか？

私は、長い間、そんなお吉さんを、ただただかわいそうな女性だと思っていました。しかし、お吉さんが眠る「宝福寺《ほうふくじ》」で、彼女の墓に手を合わせ、お寺に残る彼女の逸話《いつわ》の数々に触れていくなかで、彼女がとても強く美しい心をもった「やまとなでしこ」であることに気づかされました。

お吉さんのことについては、物語であるが故《ゆえ》に「史実と違う」「そんな女じゃない」など、さまざまな方がいろいろな言い方をされます。ただ、お吉さんが生きていた時代の人が一人も存在しない以上、これは意味のない議論です。

私は、先の世を生きた尊敬すべき大先輩であるお吉さんの物語を、愛ある供養《くよう》の心に従って書きたいと思いました。

お吉さんの、決して「いじめ」に屈しなかった姿、心の強さに、今、いじめと闘っている子供たちや人々に伝える「光」があると信じているからです。

目次

第一章　黒船

少女

ここは、伊豆の小さな集落「下田」。緑豊かな山々に囲まれ、どこまでも広く澄んだ青い海が目の前に広がる町。

村人は、田畑をたがやし、季節の野菜を育て、魚や貝をとっては、その日の暮らしに毎日汗を流していました。

その日の食べるものに精一杯の生活でしたが、人の生活をうらやむでもなく、困った人がいれば笑顔で声をかけ、互いに助け合って暮らしをたてていくような、貧しくとも心豊かな村でした。

その村の、海を見渡せる小さな浜に、毎日のように、日が暮れるまで海を、遥《はる》か遠くを眺めている一人の少女がいました。その少女の名は「お吉」。

お吉は、尾張《おわり》の国の西端村（現在の愛知県南知多町内海）に船大工の子として生まれ、四歳の時、下田に一家で移り住んできました。

「お吉、おめえ、毎日毎日海を見てっけど、よく飽きねえな」お吉を迎えにきた父親は、小さなお吉の手を引きながら不思議そうに尋《たず》ねました。

「おっとう、海はどこまで続いてるんだ。なんで、あんなに青くて、きれいなんだ。なんで、海の水は塩っ辛《から》いんだ。なんで……」

「まてまて、またおめえの〝なんで〟が始まった。何でも知りたがるのはおめえの悪いくせだ。そんなもん知らん、知らん」

お吉は、相手が困り果ててしまうほど、好奇心の強い少女でした。

お吉にとって「海」は、飽きることなく、その底なしの好奇心を満たしてくれる最高の場所でもありました。

お吉は「下田」という村が大好きでした。

「お吉、今日も元気だな」「お吉、また海に行くのか、気をつけろよ」

優しい村人たちから声をかけられるのが大好きだったお吉は、一日中、家の外で駆け回り、日が暮れるまで村中を飛び回っていました。

しかし、そんなお吉の生活は、七歳のころに一変します。

船大工としての仕事が少なくなり、一家の生活が苦しくなったお吉の家は、お吉を村山せんという人のところに養女に出すことにしたのです。

「お吉、今日から私がおっかさんだよ、女一人で生きていくというのは大変なことなんだ。私は甘くないよ。しっかり女として仕込んでやるから覚悟しな。まずはお琴や三味線《しゃみせん》を習ってもらおうか」
せんの厳しい稽古《けいこ》は毎日続きました。しかし、好奇心が人一倍強く、頭の良いお吉は、どんどん芸事《げいごと》も上達し、行儀《ぎょうぎ》作法も身につけていきました。
お吉は、幼いながら、大人びた不思議な魅力を秘めた女性になっていきました。

芸妓《げいこ》

「お吉、おめえももう十四歳、私が毎日仕込んだんだ。芸事では誰にも負けるはずはねえ。そろそろ、芸妓にでもなって、私に楽をさせておくれよ」

養母のせんは、ある日お吉にこう告げました。

「おっかさん、わかっています。今まで育ててくれたご恩は私が働いて返しますから」

お吉は、せんの言葉に一言も反抗することなく、下田で芸妓として働くことになりました。

田舎の娘とは思えない端正《たんせい》な顔立ちに、他の芸妓など足元にも及ばないほどの芸、誰よりも気が付き、人の気持ちを思いやれる優しさ……誰もがお吉に夢中になり、「新内明烏《しんないあけがらす》のお吉」と言われるほど、下田一の美人芸妓として、その名前は下田の外にも鳴り響きました。

「おい、あれだろ、お吉って、ふぇーこりゃ驚いた。あんな美人見たこたねぇ」

下田を歩くお吉の周りには、知らず知らずのうちに遠巻きに人垣《ひとがき》ができました。そして、手の届かない美人芸妓「お吉」を眺めるだけの男たちのため息が聞こえてきました。十四歳にして、近寄りがたい風格がお吉の周りに漂《ただよ》い始めていたのです。

しかしお吉は、そんな周りのことなどまったく気にかけもせず、お座敷がないときは、芸妓の艶《あで》やかな着物を脱ぎすて、食事の支度《したく》から洗濯まで、家事一切をすべて行う働き者で、村の人々にも自分から声をかけました。

「こんにちは、今日は暑いですね」

「今日は、たくさんおいしい野菜をもらったから、よかったらどうぞ」

お吉から声をかけてもらった男たちは天にも昇る気持ちになったのです。

「まったく、あのお吉って女はたいしたもんだ。芸妓の着物を着ているときは、何だか近寄りがてぇ気がするが、普段は向こうから話しかけてくれる。今日も俺を見ていたようだけど、どうもあのお吉は俺に気があるんじゃねぇか」

「ば、ばか言ってんじゃねぇ、俺だって、昨日、あのお吉から話しかけられたんだぞ」

「何言ってんだ、そんなら俺だって……」

「俺なんか……」

男たちは、競うようにお吉のことを話題にしました。

そんなお吉にも、好きになった男がいました。鶴松《つるまつ》という船大工《ふなだいく》の男でした。

お吉は、時間ができると、小さいころから時間を忘れて遊んでいた、小さな砂浜のある場所に行き、相変わらず、飽きることなく海を眺めるのが好きでした。

その後ろ姿は、いつの間にか、一人から二人になっていました。

夕暮れに染まる海を見ながら、鶴松の肩に寄りかかり、お吉がつぶやきます。

「鶴松さん、あの海の向こうには何があるんでしょうね」

「そうだな……」

そう語る二人の人生を大きく変える出来事が、海の向こうから迫っていました。

黒船

芸妓になったその年、大好きな海の向こうから、お吉の人生を大きく変える黒船《くろふね》が下田にやってきました。

「おい、でっけえ鉄の黒い船が海に浮いてるってよ。見に行こう」

「ばか言うな、鉄の船が海に浮くわけねえじゃねえか」

「黒い煙が出とるそうじゃ。大きな、天狗《てんぐ》のような、鬼のような人間が乗ってるそうじゃ」

「おれたちゃ、みんな喰《く》われるんじゃねえか。ナンマイダ、ナンマイダ……」

人々は、口々に未知なるものへの不安を話題にしました。

お吉も鶴松と黒船について語り合いました。

「鶴松さん、海に浮かんでいる大きな黒船……見た?」

「ああ見たとも、俺たちが作っている船なんか比べもんにならねぇ。あんな化け物みたいな船、どうしたら作れるんだか。その黒船に乗っている異人《いじん》とか呼ばれているやつらを見たか？　体は大きいし、髪が金色だって話だし、わけのわからねぇ言葉を話しやがる。おめえも異人には近よんじゃねえぞ」

「そりゃ、私だって怖いけどさ、でもさ、なんで鉄の船が海に浮いてるのか知りたくない？　なんで髪の毛が金色なんだろ？　どっから来たのかしら」

「またかお吉、なんでなんではおめえの悪いくせだ。いいか、お吉、あれは俺たち町人がいくら騒いだところでどうにもなんねぇ。お侍さんに任せておけばいいんだよ。いいか、絶対近寄るなよ」

「だって、そのお侍さんがこの間、あの黒船に乗り込もうとしたらしいよ。捕まっちゃったらしいけどさ、私と同じように『なんで』と思ったからじゃないのかしら、ねぇ」

「しーっ、めったなことを言うもんじゃねえ。女だてらに……」

「はいはい、わかってます。でもね鶴松さん、その女だてらに……っていう言葉、私好きじゃないの」

　お吉は少しふくれて横を向きました。

　黒船が来航して数か月後、横浜において日米和親条約《にちべいわしんじょうやく》が締結《ていけつ》、その後、交渉の場は下

田に移され、その細則《さいそく》（下田条約ともいわれる）が下田の了仙寺《りょうせんじ》で締結されます。
これによって下田は、日本で唯一、アメリカ人の居留地として認められ、幕府も常に目を光らせて監視をすることになるのです。
皮肉なことに、この黒船の来航により、下田港は、静かな漁村から、日本中から注目を集める「開国の町」になっていきました。全国から黒船を視察する目的で藩士が集まり、風待ち港としての賑わいが急速に高まっていったのです。
しかし、商売人が増えることで、貧富の差も広がり、貧しくとも肩を寄せ合っていた村人たちの間には、少しぎくしゃくした空気が漂い始めていました。

大地震

黒船来航の翌年の十一月、お吉は、稽古のために出かける準備をしていました。

ふと、お吉の耳に（カタカタ……）と台所の方から、茶碗《ちゃわん》が小さくぶつかり合う音が聞こえてきました。

次の瞬間、どこからともなく（ゴゴゴゴ……）と低く鈍い地鳴《じな》りのような音が響き、突然、下から思い切り突き上げるような衝撃が走ると、その揺れと共に（ガシャガシャ、メリメリ）と家が悲鳴を上げるような音がしました。何が起こったのか見当もつかず、揺れが激しく、お吉はとても立っていられる状況ではありませんでしたが、家族と一緒に何とか這《は》い出るように外へ出ました。

すると、お吉の耳に、「高いところに逃げろ！　山へ逃げろ！」と叫ぶ村人の声が聞こえ、周りを見渡すと、互いに叫び合いながら、山へ山へと逃げる村人の姿が見えました。

（逃げなきゃ）お吉は家族を連れ、山へと逃げました。

道なき道を必死で逃げ、どのぐらい歩いたでしょう……見当もつきません。

慌《あわ》てて逃げたので、足は裸足《はだし》、気が付くと、ところどころ怪我《けが》をしていました。

お吉は背中越しに嫌な空気を感じ、振り返り、山から村を見下ろしました。

海が盛り上がり、家が押し流されて、条約交渉で停泊《ていはく》していたロシアの大きな船がぐるぐると周りながら陸地だった場所に流されていきました……。見えるのは、自分が育った下田とは全く違った光景でした。そして海も……。

（怖い……）お吉はガタガタと震え、血の気が引いていくようでした。お吉は自然や海の怖さを初めて知ったのです。海の水が完全に引き、家のあった場所に戻れたのは翌日でした。お吉の家は完全に流されていました。いやそれどころか、下田にあった家の九割以上は流されてしまっていたのです。

「お吉ー、お吉ー、お吉は無事かー」

呆然《ぼうぜん》と立ち尽くしているお吉の耳に、お吉を探す鶴松の声が聞こえました。

「鶴松さん」、お吉は鶴松のところに駆けていくと、鶴松の胸に飛び込みました。

「お吉、大丈夫か、無事だったかー、どこか怪我はねえか」

「鶴松さん、怖かった、本当に怖かった、家が、家がなくなっちゃった」

「大丈夫だ、俺に任せとけ！　俺は船大工だが、立派な家を建ててやる、何にも心配する

こたぁねぇぞ、俺がついてる」
「鶴松さん、鶴松さん」
（この人に一生ついていこう）そう思いながら、お吉は鶴松の胸の中で泣いていました。
そんな、人々が混乱している最中、「異人」と呼ばれるロシア人たちは、船も破損《はそん》し、自らも死傷者が出ているにもかかわらず、地震や津波で怪我をした人々の救助や看護を率先して行っていました。お吉にはそれが不思議な光景として心に焼きついたのでした。

白羽の矢

大地震、大津波から二年。お吉は十七歳になっていました。

アメリカとの交渉で重要拠点《きょてん》になった下田は、幕府の力もあって、荒野のようだった町をわずかな期間で見事なまでに立て直しました。

そして、玉泉寺《ぎょくせんじ》にアメリカ領事館が置かれ、総領事タウンゼント・ハリスが、更なる開港を訴えるなど、日本側との交渉に当たっていました。

お吉は、あどけない少女の面影《おもかげ》を残しながら、芸は一流、客の扱いも誰よりうまく、幕府や各藩からは、重要な役割を帯びた侍たちが、競うようにお吉を座敷に呼ぶようになりました。

また、何にでも興味を抱くお吉は、侍たちから自然と世の移り変わりを耳にするようになり、信じがたいことに、侍の話の輪の中に加わることもありました。

「おもしろい女がいる」と評判になると、次第にその輪は広がっていったのです。

このころお吉は、年が十歳くらい下の少女「千代《ちよ》」に毎日のように付きまとわれていました。千代は大津波のときに母親を亡くし、父親と二人暮らしでした。

お吉に母親の面影を求めていたのかもしれません。

「ねえねえ、お吉さん、お吉さん、この前、ハリスという人を見たよ。髭《ひげ》がこーんなに長くて、こーんなにお腹が大きくて、背もこーんなに大きくて……」

お吉の気を引きたい千代は、身振り手振りで、いつもお吉に大げさに話をしにきていました。そんな千代の態度が、お吉にはたまらなく可愛く思えました。

「そう千代ちゃん、こーんなに大きいんだ」「んーん、もっともっとだよ」

千代は小さな体を思い切り伸ばし、飛び跳ねて見せました。

（あ！）余りに飛び跳ねるので、後ろに倒れそうになった千代を、慌ててお吉が抱きかかえます。

「千代ちゃん、あぶないじゃない」「ごめんなさい」

抱きかかえられたお吉の胸に千代は顔をうずめました。

ある日、お吉は奉行所《ぶぎょうしょ》に呼ばれました。そこには、支配組頭《しはいぐみがしら》の伊佐新次郎《いさしんじろう》というお役人がいました。お吉は、ここ数か月間、たびたびこの伊佐にお座敷に呼ばれていたので、顔見知りになっていました。

「伊佐様、私のような者に何のご用でしょう？」

ただならぬ伊佐の雰囲気にお吉は押しつぶされそうになっていました。不安が心をよぎります。

「お吉、お前も世情《せじょう》には詳しいだろう。察しておろうが、幕府は今、アメリカとの交渉に心をくだいておる。そんななか、玉泉寺のハリス殿からは毎日のように将軍様に会わせろと矢のような催促《さいそく》が来ておってな。ほとほと困っておる。だが、ここのところ、ハリス殿も体調を崩《くず》しておってな、万が一、ハリス殿の身に何かあっても困るのじゃ。そこでお吉、お前に白羽《しらは》の矢が立ったのじゃ」

抵抗

「白羽の矢？」

お吉は、その言葉の意味を理解することができませんでした。

「そうじゃ、ここのところお前の所に通っておったのも、それを見極めるためじゃ。お前は、美人としても評判が高いが、何より賢い、人の心も読めるし、われら侍《さむらい》ともまったく臆《おく》せずに話ができる度胸もある。

そこで、お前に、ハリス殿の身の周りの世話をする名目で玉泉寺に行ってほしいのだ。ハリス殿の病気が治るように世話をし、信頼された折には、ハリス殿の、いやアメリカの真意がどこにあるのか、探ってきてほしいのだ。

こんなことは誰にでも頼めることではない。お前を賢い女と見込んで頼むのだ。無論《むろん》、このことは口外《こうがい》してもらっては困る。その代わり、お前が一生かかっても手にすることのできないほどのほうびを用意してやる」

お吉の頭が一瞬にして真っ白になりました。

「お待ちくださいい伊佐様、私にあの異人のもとへ行けと言うのですか、いくらお金を積まれてもそれだけはご勘弁ください。私には、夫婦《めおと》の約束をした人もいるのです。異人の所に行った女となれば、村の人々にどんな目で見られるか。伊佐様もおわかりのはず……」

お吉は、伊佐の前に出て、すがるように懇願《こんがん》しました。

「お吉、これはお国のためであるぞ。このままでは日本はアメリカの思うままになってしまうのだ。お前もあの黒船を見たろう。残念じゃが、異人と今、戦《いくさ》になれば大勢の人間が死ぬ。我らが勝てる見込みは少ないのだ。そうなれば、お前の家族、周りの人間、この下田も、ただでは済まぬのだぞ」

お吉の頭に、家族、鶴松、千代らの顔が浮かびました。それでも、首を縦にふることはお吉にはできませんでした。

「伊佐様、伊佐様のおっしゃることはわかります。それでも、それでもお吉はいやでございます。どうしても、どうしてもとおっしゃるなら、この場で私を、そのお刀でお斬《き》りくださいませ」

お吉は、その場で泣き崩れました。

「困ったやつじゃ。まあ、急な話故に無理もなかろう。今日は家に帰るがよい。だが、ど

うしてもお前に行ってもらわねば困るのだ。今、聞いたことは口外ならぬぞ」

お吉は家に帰されることになりましたが、どう家に帰ったかも思い出せないほど、お吉の頭の中は混乱していました。

一方、伊佐は、すでにお吉の件を幕府の老《ろう》中《じゅう》に報告していたこともあり、引くに引けない立場にいました。

「お吉の家族、夫婦の約束をしたという男をすぐに調べろ」

伊佐は、お吉が帰った後、部下に命令をしました。

裏切り

奉行所から帰ったお吉はまったく元気を失っていました。

（なんで、なんで私が……）お吉の頭の中はそのことばかりがぐるぐると回り、数日、涙にくれていました。

お座敷に出ることもできずにいるお吉の家に、奉行所の役人がやってきました。奉行所の役人は、お吉の家族の前にハリスのもとへ出仕する件を伝えると、突然、数十両のお金を積んで、「これはほんの手付金だ。お吉が決心さえしてくれれば、この何倍ものお金を用意しているのだ。どうだ悪い話ではなかろう」と、（どうだ、見たこともない金だろう。さっさと承知してしまえ）とでもいうふうな態度で詰め寄りました。

お吉は「こんなお金……」と言い返そうとしましたが、大金を目の前にした母親の口から、お吉にとって信じられない言葉が出てきました。

「いい話じゃないか。お吉、考えて見たらどうだい」

その瞬間、お吉は家を飛び出してしまいました。鶴松が働く海辺に一目散《いちもくさん》に走っていき、鶴松の姿を見つけると、「鶴松さん、鶴松さん……」と何度も何度も鶴松の名を呼びながら、その胸にしがみついていきました。

「お吉、どうしたんだ？」

鶴松はお吉が落ち着くのを待って話しかけましたが、お吉は何も打ち明けることができませんでした。

それから数日して、お吉は再び奉行所に呼ばれました。

「どうだ、お吉、決心はついたか」伊佐はお吉に詰め寄りました。

「伊佐様、あんまりじゃありませんか。お金で人を動かそうとするなんて、私はあれから家族の者と話もできなくなりました。何と言われても私は行くつもりはありませんから……」お吉は伊佐をにらみつけました。

「そうか……では仕方がない。おい、鶴松をここに呼べ」

（え、鶴松さん）

すると、そこに役人に従って鶴松が部屋に入ってきました。

「どうしたの、鶴松さん、どうしてここに」

そんなお吉の言葉に鶴松は黙ってうつむいたままです。

「鶴松はな、お前がハリス殿のもとに行くことを承知してくれたぞ。お前がハリス殿のところに行ってくれたなら、鶴松は侍に取り立てられるんだぞ」

（え……）お吉は状況がのみ込めず、鶴松に話しかけました。

「鶴松さん……どういうこと、侍になるって。私たち夫婦になるんじゃなかったの、異人のところに行くって、どういうことだかわかって言っているの。嘘よね、ねえ、嘘でしょ」お吉は、答えられない鶴松の肩をゆさぶりました。

「お前が行くことで、家族は幸せになり、鶴松は出世し、お国のためにも役立てるんだ。こんなに幸せなことはないぞ」

伊佐の言葉は無情でした。

決心

（鶴松さんに裏切られた……）という思いは、お吉の体から全身の力を奪いました。

鶴松をつかんでいた手は力を失い、その場に崩れるように座り込んでしまいました。

そんな二人の様子を見ていた伊佐は、「鶴松、もうよい、下がっておれ」と鶴松に退室を命じました。鶴松は去り際に、「お吉、すまねえ」と一言だけ発しましたが、その言葉はもはや、お吉の耳へは届いていませんでした。

そんなお吉に追い打ちをかけるように、伊佐の言葉が続きます。

「お吉、できれば私もこんなことはしたくはないのだ。だが、お前の家族はお前より金をとり、お前の信じていた男は、お前より出世をとったのだぞ。お前の守るべきものは、もはやこの国以外にないのではないのか」

「この国……」

信じていた者に裏切られたばかりのお吉にとって、国のことなど考える余裕もありませんでした。

伊佐は、自らの脇差《わきざし》をお吉の前に置き、再び語りかけます。

「お吉、私と、後ろに控えている者たちは、お前がハリス殿のところに行ってくれなければ、この場で腹を切る覚悟で来ているのだ」

（え……）お吉の心に動揺が走りました。

「よいかお吉、我ら侍は、お国のためとあれば命はいらぬ。いつでも異人のところに切り込んで、その場で果てる覚悟はある。だが、悔しいが、あの黒船には刀は役に立たん。異人など切り捨ててしまえばよいなどと言う者がおるが、それは黒船の、異人どもの本当の怖さを知らん。

わしらもどうしたらよいのか、わからんのだ。今は時間がほしい。やつらが何を考えているのかを知りたいのだ。お吉、頼む、協力をしてはくれぬか」

そう言うと伊佐は頭を下げました。侍が、女の、しかも芸妓に頭を下げるなどというのは信じられないことでした。

お吉は何かを決心したように、背筋を伸ばし、伊佐の目を真っ直ぐに見つめると、「伊佐様、わかりました。お吉は参ります」と言いました。

「そうか、行ってくれるか」

伊佐は安心した表情を浮かべました。

「はい。ただ私は、家族や鶴松さんに裏切られたから行くのではありません。伊佐様は、〝お国のためとあれば命はいらぬ〟とおっしゃいました。私も一人の町人、しかも女子《おなご》です。でも私にも国を思う心はあります。私は自分の意志で、ハリス様のもとに向かいます。そして、異人と呼ばれる人たちの本当の心をつかんで参りたいと思います」

「お吉、よくぞ申した！」

この決心がお吉の一生を決めたのでした。

第二章　世界

石つぶて

アメリカとの条約を天皇の許し（勅許《ちょっきょ》）も得ずに独断で締結し、勝手に開港を決めてしまった幕府のやり方は、当時の天皇（孝明天皇《こうめいてんのう》）が大の異人嫌いであったこともあり、国を二分するような騒動に発展します。

異人を打ち払い、日本から追い出してしまえという「攘夷《じょうい》」派と、開国により積極的に外国の文化を取り入れようとする「開国《かいこく》」派に分かれ、外国の圧力に負けて開港をしてしまうような弱い幕府など倒し、朝廷《ちょうてい》（天皇）の下に政治を行おうとする「尊皇《そんのう》」という考え方が出てきたことから、「尊皇攘夷《そんのうじょうい》」という言葉も生まれました。

特に、「尊皇攘夷」を唱《とな》える人々は、幕府を倒し、外国人を打ち払ってしまえという考え方なので、突然、外国人に切りかかったりするような過激な行動に出る者も少なくありませんでした。

そんな状況のなか、幕府はハリスとの交渉を長引かせようとします。時には言葉が通じないふりをし、時には役人が代わる代わる対応をし、ハリスの要求をかわしていました。

幕府側の子供だましのような対応と、常に命の危険にさらされている特殊な環境が、穏《おだ》やかで紳士であったはずのハリスをいらだたせ、胃を悪くさせていたのでした。

幕府は、交渉を長引かせているとはいえ、ハリスが体を壊し、アメリカ側を怒らせてしまっては元も子もありません。一日も早く、ハリスに体を治してもらい、とりあえず、機《き》嫌《げん》を良くしてもらいたかったのです。

お吉がハリスのもとに行くことを決心した翌日、伊佐の手配で、ハリスがいる玉泉寺に向かうよう駕籠《かご》が差し向けられました。

「お吉が、大金に目がくらんで、あのハリスとかいう異人のところに、世話をしに行くらしい」

伊佐は部下に命じ、この噂を村中に流しました。お吉が心変わりをしないよう、お吉の帰る場所をなくすためでした。

お吉が迎えの駕籠に乗ろうと家を出ると、大勢の村人が周りを取り囲んでいました。

「おい、お吉がハリスのところに行くって本当だったんだな」

「何でも大金に目がくらんだらしいぜ。聞いたか、支度金《したくきん》二十五両、年に百二十両ももらうそうだ」

「冗談だろ、俺たちが一生かかっても稼げねえ金だぞ」

「がっかりだな、やっぱり金か」「おめえ、ずいぶんとお吉に惚れてたじゃねえか」「ばか言うな、あんな女、唐人《とうじん》じゃねえか」「そうだ、唐人だ」

村人のひそひそ声は、お吉の耳にも突き刺さりました。

お吉は好奇の目にさらされながら、駕籠に乗りました。その瞬間、ドスッと駕籠に何かが当たる音がしました。お吉に向かって石つぶてが投げられたのです。

孤独

駕籠でハリスのもとに向かう途中、落ち込んでいるお吉の耳に波の音が聞こえてきました。お吉は、海辺で駕籠を止め、はるか海の向こうを眺めました。

そこに、下田一の美人芸妓として、皆にもてはやされ、憧《あこが》れの眼差《まなざ》しを向けられていたお吉はどこにもいませんでした。

（なぜ、こんなことに……）

お吉は海に問いかけました。

国のためにと決心したお吉でしたが、世の人のあまりの変わりように、とまどうばかりでした。そして、底知れない不安がお吉の胸をよぎりました。

玉泉寺に到着すると、ヒュースケンという通訳を紹介され、すぐさまハリスのところに通されました。西洋のテーブルやガラスのビン、コップ、陶器、色鮮やかな敷物……お吉の目には、異国の文化がとてもまぶしいものに映りました。

ハリスは大柄な体に、白い髭をたくわえた人物で、年齢は五十歳を越えていました。ハリスは、ヒュースケンの後ろにいるお吉をチラリと見ると、ヒュースケンに怒ったような口調で何か話しているようでしたが、お吉には、その意味がまったくわかりませんでした。ただ、「帰ってくれ」というふうに手を振った仕草だけは、理解できました。

お吉は、ヒュースケンからハリスの言葉を教えてもらいました。

「私は一日も早く将軍に会わせてほしいと言っているのに、日本人は私の要求にまったく誠実に対応してくれない。それどころか、今度はこんなに若く美しい娘を私に差し出してくるなんて、幕府の考え方は見え見えだ。私を馬鹿にするのもいい加減にしてほしいものだ。とにかく、その娘には帰ってもらってくれ」

というものでした。

お吉は、ヒュースケンから、ハリスが、西洋の神様を信仰していて、独身をつらぬいている真面目な男であること、慣れない土地で食べ物も合わず、時折、胃をおさえて苦しそうにしていることなどを聞きました。

家族や恋人に裏切られ、周囲の人にも手のひらを返すように冷たくされたお吉には、異国の地で闘う、ハリスの孤独が少しだけ理解できました。

「ヒュースケンさん、このことは、幕府の役人には少しの間だけ黙っておいていただけま

せんか。私がハリスさんの心を安らかにできるよう致しますから……」

ヒュースケンは、お吉の真剣な眼差しにそのことを承知したのでした。

それからお吉は、毎日、ハリスが嫌がることを承知のうえで玉泉寺に通いました。

ハリスはお吉に何度も「もう来ないでくれ」と言いましたが、お吉は常に笑顔で、食事の支度から洗濯まで汗を流したのでした。

皮肉なことに、ハリスの所にいるときだけは「孤独」を忘れられたのです。

牛乳

お吉がハリスのもとに通うようになってから数日が経ちました……。

あんなに頑《かたくな》だったハリスも、何を言われても笑顔で尽くす、お吉の態度に、少し心を開き始めていました。

この頃ハリスは、「オキチ」と言っては、（チンチン）とグラスの縁を叩いて、お吉を呼ぶようになっていました。

その日、いつもなら出てきているはずのお吉の姿が見つかりません。ハリスは何度も「オキチ」と呼んでは、いつもの合図を繰り返しましたが、返事はありませんでした。

（もしかしたら、私が優しくしてあげなかったから、お吉は来なくなってしまったのだろうか）

ハリスをそんな気持ちにさせるほど、お吉は気になる存在になっていました。

空があかね色に染まり、時も夕刻に近づいてきたころ、「ハリス様、ハリス様」と言いながら、息を切らせ、ビンを抱えたお吉が玉泉寺に入ってきました。

「オー、オキチ」

ハリスはお吉の声が聞こえると、待ちわびていたかのようにお吉を出迎えました。お吉の着物は薄汚れ、履物《はきもの》も泥で汚れていました。額《ひたい》には玉のような汗をかき、ほつれた髪を手で直しながら、お吉は、弾《はず》んだ声でハリスに言いました。

「ハリス様、牛の乳です。これを飲めば、きっと元気になりますよ」

ハリスは少し前、ヒュースケンを通じて、牛乳を集めるよう指示をしていました。しかし、当時の日本人にとって、牛の乳を飲むことは、生き血を飲むような行為であるとして、どの農家にも断られていたのでした。

日本人であるお吉が、その乳をもらうために、どんなに苦労し、どんなに歩き回ったことか、それは、お吉の様子を見れば一目瞭然《いちもくりょうぜん》でした。

そして、弾む息づかいと額の汗には、少しでも早くこの牛乳を飲ませてあげたいという、お吉のハリスへの無垢《むく》な優しさがにじんでいました。

「オキチ、オー、オキチ」

ハリスはたまらなくお吉が愛《いと》おしくなり、お吉を抱きしめました。

「ハリス様、いけません、着ているものが汚れてしまいます」

突然のハリスの抱擁《ほうよう》に、お吉は戸惑いを隠せませんでした。

（異国の地で、私は初めて信頼できる人に会った……）

ハリスの心の中には、そんな思いが広がっていきました。

その後、お吉が毎日のように運んでくる牛乳と、お吉への信頼が、ハリスの体調をみるみる良くしていきました。

しかし、ハリスの周辺には、不穏《ふおん》な空気が漂い始めていたのでした。

世界

お吉を心から信頼するようになったハリスは、ヒュースケンを通訳とし、お吉に、異国文化の素晴らしさを教えようとしました。

ハリスは、お吉の目の前に、地図が描かれた大きな玉を差し出しました。

「お吉、これが何だかわかりますか、これは世界といいます。私の国、アメリカはこれです」大きな玉に描かれた地図をハリスは指さします。

「ハリス様、それで、私の国はどこにあるんでしょう?」

「ここが、ジャパンです。そして、下田はこのあたりでしょうか」

そう言うと、ハリスは爪の先を、小さな小さな島国に突き立てました。

「これが……」お吉は言葉を失ってしまいました。

「そう、これです。そしてこれがロシア、これがオランダ、フランス……そして、これが世界です」と言って、ハリスは大きな玉をお吉の前に差し出しました。

「これが世界、これが日本……」

「そうです、世界はこんなに大きいのです。日本はこんなに小さいのです。そして、どの国も、この小さな日本という国を狙《ねら》っています。もちろん、私の国、アメリカもです」

そんなハリスの言葉に、お吉は息をのみました。

「このままでは日本は、遅かれ早かれ、あなた方が言う『異国』の思うままになってしまうでしょう。私の国でも、日本のような小さな国は力で奪い取ってしまえ、という者もたくさんいます。だが、私は、そんなことはしたくはないのです。将軍と対話をし、お互いの民族を尊重し、平和的に国と国とが開けた状態にしたいのです」

お吉はハリスの言葉に引き込まれました。

「お吉、あなたは私のために、毎日牛乳を持ってきてくれています。よく世話をしてくれています。私は初めて、日本人の優しさに触れました。私のこと、恐いですか？」

ハリスは、真剣な表情でお吉の顔をのぞき込みました。

お吉は、すぐさま、ハリスにもわかるように大きく横に首を振りました。

「オー。安心しました」ハリスは胸に手をあて、安堵《あんど》した表情を浮かべました。

それからもハリスは、お吉に世界のことをたくさん教えました。

異国の進んだ文化、文明……この国で〝将軍〟と呼ばれる権力者は、アメリカでは〝大

統領〟と呼ばれ、国民が皆で選ぶため、国民が喜ぶ政治をしなければならない。その者は殿様の子供などではなく、農民や町人でも努力すればなれる……など、お吉の生きてきた社会では到底考えられないことばかりでした。

お吉は、「海の向こうに何があるんだろう？」と、飽きることなく眺め、憧れ続けていた子供のころを思い出していました。

そんなとき、伊佐から、奉行所への呼び出しがかかりました。

国のため

奉行所に呼び出されたお吉に、伊佐が語りかけました。

「お吉、どうやらハリス殿の体調も良いようだし、お前もずいぶんと信頼されてきておるようじゃな。ここのところ、ハリス殿もずいぶんと機嫌が良いと交渉役からは聞いておるぞ。そこでじゃ、ハリス殿の考えていること、話していること、何でもいいから私のところに報告に来るのじゃ。よいか、お吉」

お吉の、玉泉寺における行動は常に監視《かんし》されていたのです。

お吉は顔を上げ、何かを決心したかのように伊佐に話し始めました。

「伊佐様、ハリス様から、日本という国が世界の中でどんなに小さな国であるか教えていただきました。ハリス様は、将軍様に……」と、そこまでお吉が言いかけると、伊佐は突《とっ》如《じょ》立ち上がり、手元の茶碗をお吉に投げつけました。

茶碗はお吉の肩にぶつかって手元にころがり、お茶が着物を濡らしました。

「何様のつもりじゃお吉、日本を小さな国だと、将軍様だと、異人にたぶらかされおって！　ハリス殿に気に入られているからといって調子に乗るでないぞ！　女子風情《おなごふぜい》が国のことを語るなど、まして、将軍様を口にするなどおこがましいわ！　お前は私の言うことを黙って聞いておればよいのだ！　よいな、お吉」

　そう言うと、伊佐は、ふすまの戸を思いっきり閉め、奥座敷へ姿を消しました。突然のことに、お吉は、その場からしばらく動けませんでした。

（私は、お国のためだと言われてハリス様のもとに行ったはず。それが国を語るなんて……）悔しさに身震いし、お吉の涙がさらに畳を濡らしました。

　それから玉泉寺までの帰り道、お吉は何も考えられませんでした。もちろん、ハリスにも相談はできませんでした。

　その翌日のこと、お吉はハリスの求めに応じて、三味線をひきながら唄を歌っていました。ハリスにとって、意味はわからずとも、お吉の澄んだきれいな声が大好きだったのです。お吉は、昨日のことが頭から離れませんでした。

　そのとき、突然部屋に三人の侍が入ってきました。刀に手をかけ、今にも襲いかからんばかりに殺気立っています。

「お下がりください」

お吉は三味線を投げ捨て、手をいっぱいに広げてハリスの前に立ちふさがりました。

「どけ女、我らはそこなる異人を斬ってすてるために来たのだ」

「ハリス様を斬るなら私を斬ってください。この方はお国のために必要なお方です」

「お前は日本人だろ、異人をかばうなどと正気か」

そう言って、お吉に詰め寄ろうとしたそのとき、警護の役人が駆けつける足音に三人は逃げて行きました。

「ハリス様、大丈夫ですか」

お吉はすぐさまハリスを気づかいました。

命がけで国を思うお吉の心は、この頃の日本人には理解されなかったのです。

江戸へ

お吉がハリスのもとに出仕《しゅっし》してから五か月が経っていました。

この頃、頭が良く、積極的にハリスとの関わりをもつようになっていたお吉は、ハリスと片言《かたこと》の会話ならできるようになっていました。

ハリスの語る世界は、世界への憧れをお吉の中でどんどん膨《ふく》らませていました。

しかし一方で、家に戻ると、「お金欲しさに異人に魂を売った女」と、近所の人々から冷たい目で見られ、お吉は無視され続けていました。皮肉なことに、お吉はハリスのもとにしか居場所がなくなっていました。

そんなある日。

「オキチ！　オキチ！」

ハリスがいつもより弾んだ声でお吉を呼びました。

「お吉、喜んでください！　将軍イエサダに会えることになりました。江戸に行くことになったのです。これでわが国と日本は戦わずに済みます」

ハリスは興奮気味に、お吉の手を取って、その朗報を告げました。

「ハリス様、おめでとうございます」

お吉は素直に喜びました。

続いて、ハリスの口から出た言葉に、お吉はとても驚きました。

「お吉、あなたも一緒に行ってくれますね」

「え……私が行くことなど、許されるわけがありません……」

お吉がとまどっていると、「大丈夫！　そのことなら、イサに承知させました。私は、あなたがいなければ、もうこの世にいなかったかもしれません。そして、日本人を信じられないままだったかもしれません。あなたは私の命の恩人です。私が日本にいる以上、お吉にはそばにいてもらいたいのです。置いてなどいけません」

お吉には何より嬉しい言葉でした。

「はい」と答えるお吉の目には涙が光っていました。

翌日、お吉を伴ったハリス一行は、江戸に向かい、下田を後にしました。

物心がついてから、下田という小さな村を出たことがなかったお吉にとって、それは外の世界へ飛び出した第一歩だったのです。

険《けわ》しい天城《あまぎ》峠《とうげ》を越え、湯ヶ島、三島に宿をとった後の箱根での出来事でした。

箱根の関所では、通行人の持ち物などについて、厳しい点検を受けなければなりませんでした。異人であるハリス、ヒュースケンなどはそのまま通されましたが、従者《じゅうしゃ》であるお吉の駕籠に役人が近づき、「おい、駕籠を降りろ」と命令口調で、駕籠を出るようにうながしました。

そのときです。その様子を見ていたハリスが烈火《れっか》のように役人に怒り出しました。

「お吉は、私の大切な友人だ、無礼な振る舞いは許さんぞ！　下がりなさい！」

ハリスにとってお吉は、本当に大切な人になっていたのでした。

帰国

ハリスは江戸入りをした後、江戸城へ登城《とじょう》し、将軍家定《いえさだ》に謁見《えっけん》をしました。そしてすぐさま、日米修好通商条約の締結に向けて動き出します。

この間、ハリスは下田に拠点《きょてん》を置きながら、江戸や横浜を往復し、その八か月後に条約が締結されることになります。

これにより、函館、下田以外にも、神奈川、長崎、新潟、大坂、江戸など日本全国に複数の港が開かれるようになり、自由貿易の名の下に、多くのアメリカ人が日本に出入りするようになりました。

ハリスは、そのすべての交渉の場面で、お吉を同行させました。

幕府にとっても、異国の言葉を理解し、時にハリスと日本側との間に入って交渉をしてくれる、お吉のような存在が便利だったのです。

ただし、当時の日本は、侍を代表するように、圧倒的な男社会でした。お吉の存在は、便利ではあっても、受け入れられるべきものではありませんでした。

たとえお吉が交渉の席で功績《こうせき》をたてようが、それは逆にお吉への風当たりを強くする行為でした。

「あの女、いくらハリスに気に入られているからって、少しいい気になりすぎじゃねえか」「本当だよ、日本人のくせに異人にべったりしやがってよ」

「今に天罰《てんばつ》が下るぜ」「ああ、下るともさ」

そんな心ない声が、お吉の周りを常に取り囲んでいました。

お吉にとって頼れる人は、ハリスだけになっていました。

ハリスが来日して三年後、条約の締結にともない、アメリカ合衆国公使館が江戸の善福《ぜんぷく》寺《じ》に置かれると、ハリスは下田から江戸に転居します。そこにも、ハリスの強い希望でお吉は伴われました。ただし、お吉のことは一切口外することも許されず、また外出することもできない存在として認められたものでした。

ハリスが来日して五年以上が経過したある日のこと。

お吉はハリスに呼ばれました。

「お吉、私の日本での役割は終わった。知ってのとおり、私の体調はおもわしくはない。やはり、最後は故郷アメリカに帰りたいと思っている。お吉には本当に世話になった。私

が帰ってもお吉が困らないように……」

　そんなハリスの言葉をさえぎるように、お吉はハリスに訴えました。

「いやです。ハリス様、私もアメリカに連れていってください。お願いします」

「お吉……私もそうしたいが、私の国も君の国もそれを認めてくれんのだ。それに、私の国に渡ってしまえば二度と戻ってこれはしない。ここが君の国なんだ」

「いやです、いやでございます」

　お吉の言葉が部屋に響き渡りました。

　来日して五年数か月。ハリスは、お吉を残してアメリカに帰っていきました。

第三章　維新

新たな出会い

ハリスを見送ったお吉は、途方にくれていました。

お吉は二十二歳になっていました（当時、女性は十代で結婚をすることが普通でした）。恋人鶴松とも無理やり別れさせられ、江戸に行くあてなどありません。後《うし》ろ楯《だて》を失ったお吉には、下田に帰るしかありませんでした。

そして、下田に帰ったお吉を待っていたのは、非情なまでの差別でした。

「おい、お吉が帰ってきたってよ」「あの唐人か、よく恥ずかしくもなく帰ってきたもんだ」「おい、見に行ってみようぜ」「やめろ、やめろ、目が腐っちまう」

こんな非道な会話が、村のあちらこちらから聞こえました。

お吉が帰ると、家族でさえ迷惑顔で迎えました。しかし、ハリスから送られたという金品が目当てで家に迎え入れたのです。

「お吉、お前、ハリスという異人からもっとお金をもらったんだろ。なんで全部出さないんだい。どこに隠してあるんだい？」

母親から、毎日のようにこんな言葉をかけられたのです。

お吉がどこにも居場所を見つけられなかったある日、一人の侍が家に訪ねてきました。松浦武四郎《まつうらたけしろう》という侍で、幕府に雇われている役人のようでした。

年齢は親子ほど離れていましたが、黒く日焼けした大柄でたくましい男でした。

「あなたがお吉さんか、私は松浦武四郎という者だ。あなたが異人のところにいたことは聞いている。そして、そのためにひどい差別に遭っていることも。私は若いころ、ずっと北にある蝦夷《えぞ》という土地に渡ったんだが、そこには、自然の中で仲良く暮らすアイヌという人々がいてね……。しかし、日本人が彼らの土地に無理やり押し入って、土地も取り上げ、言葉も取り上げ、家族とも引き離し、無理やり働かせている。そのため彼らは毎日のように命を落としているんだ」

（そんな、ひどい……）お吉は、日本人として、松浦の言葉に衝撃を受けました。

「アイヌの人々にとって私たちは異人、アメリカ人にとって、文明が遅れている私たちなど、アイヌの人々と変わりない……そうは思わないかい？」

「はい、確かにそうかもしれません」

お吉も話に乗り出しました。

「そこでだ、私は彼らを助けたい、そして、日本も助けたい、もう一つ、あなたも助けたい、こう考えているんだ」
「いったい、どういうことでしょうか?」
「よいか、異人だの唐人だのという、下らない差別は無知のなせるわざだ。生まれる国が違おうが、文明が違おうが、しょせん人は人。それは五年以上も異人の近くにいたあなたが、一番よく知っているはずだ。私は雇われ役人だが、自分の意志で開国運動をしている。どうだ、一緒に京都に行かんか」
　突然のことでした。しかし、松浦武四郎の目は真っ直ぐな光を宿していました。

京都

下田に居場所がなかったお吉は、松浦の誘いを受け、京都に向かいました。

時は文久二年（一八六二）、幕府が外国と結んだ条約は、黒船の圧力に負けた弱腰外交であると批判され、異国を日本から追いだし、幕府を倒し、天皇中心の政治を行おうとする「尊皇攘夷《そんのうじょうい》」という考え方が、長州《ちょうしゅう》（今の山口県）、薩摩《さつま》（今の鹿児島県）など、地方の藩を中心にして拡がっていました。

土佐勤王党《とさきんのうとう》に入ったばかりの坂本龍馬《さかもとりょうま》も、この年の三月に土佐（今の高知県）を脱藩《だっぱん》しています。また、「天誅《てんちゅう》」と称して暗殺を行うなど、過激な行動に出る者も多くなり、京都は、物騒《ぶっそう》な空気につつまれていました。

幕府はこの事態を何とかしようと、将軍家茂《いえもち》が、皇女《こうじょ》であった和宮《かずのみや》と結婚をし、天皇家と幕府の結びつきを強くしますが、事態は収まりませんでした。天皇家を担ぎ出そうとする各藩は、京都に集結し、にらみ合いを続けていたのです。お吉は、そんな激動の京都に身を投じていったのでした。

京都に着くと、お吉は、幕府から大徳寺《だいとくじ》という寺の近くに住まいを与えられました。この近辺は、貴族や公家《くげ》が住まう場所であり、幕府の目が常に光っている場所でもありました。

到着してすぐのこと、お吉は松浦と共に京都所司代《しょしだい》に呼ばれました。

「お前がお吉か、松浦から聞いておるぞ。遠路《えんろ》ご苦労であった。ハリスと一緒にいたのであれば、今の幕府が置かれている状況もわかるであろう。異国と条約を結んで以来、長州や薩摩といった田舎侍《いなかざむらい》どもが騒ぎ立て、恐れ多くも、何百年とこの日本を治めてきた幕府を倒そうといろいろと画策《かくさく》を致しておる。奴らは簡単に攘夷などとわめきたてているが、あの異国を相手にできるはずはない。

松浦にも探らせてはおるが、男では潜《もぐ》り込めない世界もあるでな。お前は、下田でも、芸達者な美人芸妓として名を馳せた女であると聞いておる。

そこでお前には、祇園《ぎおん》で芸妓として働くかたわら、そこで見たり、聞いたりしたことを所司代に報告してほしいのだ」

役人は、お吉が断ることなどとは少しも考えていません。これは命令でした。

（勝手なことを……）お吉は本心ではそう思っていましたが、所司代に行く前、松浦から

こんな言葉をかけられていました。
「お吉さん、これからあなたが言われることは、正に役人の勝手な言い草だ。だけど、怒ったり、言い返したりしてはいけないよ。私たちは、自分が信じた道を行くために幕府を利用するだけなんだ。志のある者は目の前の小さなことには目をつぶらなくてはね」
「はい、喜んでお受けします」
お吉は笑顔でその役割を引き受けました。

唐人お吉

お吉は、祇園で「吉松《きちまつ》」と名乗り、芸妓として働くこととなりました。

長身で美人、芸も一流で、どこか儚《はかな》げな歌声。お吉は瞬《また》く間に、祇園の人気芸妓となりました。連日、侍たちが、ひとときの安らぎを求めて、競うようにお吉のもとを訪れました。

お吉の人気の一つは、その素性《すじょう》を偽《いつわ》ることなく、誰にでもすべて話していたことにありました。ハリスのもとにいたこと、そのために「唐人」などという差別も受けたこと、ハリスから教わった「世界」のこと。

どれも侍ばかりの狭い武家《ぶけ》社会で生きている者たちには、未知なるものに触れたようで、興味深かったのです。しかし、その行為には、もちろん危険が伴っていました。

「おい、吉松、もう一回言ってみろ、この日本が異人の思いどおりになってよいと言うのか、たかが異人など、この俺が一刀《いっとう》のもとに斬り捨ててくれるわ！」

酒に酔った侍はお吉に食ってかかりました。

「そうは言っていません。異人も私たちと同じ人間。ただ、お互いをよく理解したうえで、話し合いが必要だと言っているんです」

「異人が同じ人間だと、笑わせるな、この異人かぶれが！　ちょうどよい、今からお前の首をはねてやる。唐人と言われたお前が、同じ血の色をしているかどうか、今から確かめてやる」

そう言うと、お吉の首に刃を突きつけました。

しかし、お吉は、侍の目をじっとにらみ、まったく動じませんでした。

「おい吉松、命乞いをすれば許してやってもよいのだぞ」

そんな侍の言葉にもまったく動揺《どうよう》せず、お吉は真っ直ぐに見返しました。

さすがに侍は根負《こんま》けし、刀を納め、お吉に悔し紛《まぎ》れの言葉を投げつけました。

「ふー、酔いもさめたわ、まったく面白くもなんともない女だ。だから『唐人』などと言われるのだ。よいか、おまえはもう、日本人ではないのだぞ」

「いえ、お言葉ですが、ハリス様も私も、同じ人間でした。それどころか、日本人の男の人より私に優しくしてくれました、『世界』というものを教えてくれました。私はそんなハリス様を尊敬しています。ハリス様が唐人であるなら、私も唐人でけっこうでございま

す。どうぞ、〝唐人お吉〟とお呼びくださいませ」

そう言うと、お吉は、その侍に深々と頭を下げました。

「この唐人お吉が、しらけたわ」

侍は座敷を去っていきました。

「唐人」という言葉は、お吉にとって差別の言葉ではなくなっていました。

「唐人お吉」の名は、その覚悟とともに、どんどん京の町に広がっていきました。お吉の開国運動は、正に命がけだったのです。

同じ夢

祇園で働き始めて一年が経ったころ、お吉は、ある風変わりな男の座敷に呼ばれました。

「お前さんが、吉松……いや、唐人お吉かよ」

頭をかきながら、まったく無遠慮に声をかけてきたその男は、洒落《しゃれ》こんで祇園に来る侍たちと違い、髪の毛はボサボサ、足は裸足で、薄汚れた着物を着た男でした。

「はい、私が、唐人お吉ですけど」

お吉は少し無愛想《ぶあいそう》に返事をしました。

「なるほどのう、おまん、噂どおり、おもしろい女子《おなご》じゃのう。わしゃ、この間まで、土佐の脱藩浪人だった坂本《さかもと》龍馬《りょうま》ちゅうもんじゃ。今は幕府の軍艦奉行、勝麟《かつりん》太郎《たろう》先生の弟子として、海軍塾を任されちゅう。まあ、侍ちゅうより今は船乗りじゃな」

なかなか素性を明かしたがらない祇園の世界では、その侍の大らかさは、お吉の目にも珍しく映りました。

「おまんに頼みがあるがよ。松浦武四郎先生に会わせてくれんがか」

（え……）お吉は戸惑いました。松浦は幕府の隠密《おんみつ》として行動していたからです。

そんなお吉の表情を見た龍馬は、「ちゃちゃ、なんちゃあ心配はいらんぜよ。勝先生と松浦先生は親しい友達じゃ。松浦先生の役目もよく知っちょるき。わしゃ、蝦夷のことを詳しく知りたいだけじゃき」

「坂本さん、何のために蝦夷のことを知りたいのですか。そのわけを言っていただかなければ、松浦先生の居場所を教えるわけにはいきません」

「ほう、そうきたか」

龍馬はお吉の前に、ずいと進み出ました。

「わしゃのう、蝦夷に新しい国を作ることが夢なんじゃ。今、京都じゃ、いや日本じゃ、天誅《てんちゅう》、天誅いうて、たくさんの若いもんが死んでおるのは知っちょるじゃろ。異国に攻められ、日本が一つにならにゃいかんときに、日本人同士で斬りおうてる場合じゃないぜよ。蝦夷はのう、広い、海のもんや山のもんもこじゃんとある。侍なんてもんは捨てて、みんなで畑を耕せばええ、漁師になればええ。国を守るもんは守るもんで、異国から学んで、軍艦を作って皆を守ればええぜよ。こりゃわしの夢じゃき」

龍馬はお吉にすべてを話しました。

「蝦夷にアイヌという人々がいることを知っておられますか」

「もちろん、知っちょる。今は、松前藩《まつまえはん》のいいようにされちょるが、わしが新しい国を作ったら、彼らと一緒に国を作ろうと思うちょる。彼らに学ぼうと思うちょる。差別などない国を作るのがわしの夢じゃ」

（差別などない国……）

その言葉は、お吉の心に沁み渡りました。

「松浦様のところにご案内しましょう」

「ほうか、すまんのう、お吉さん」

同じ夢を抱く者同士の、風のような出会いでした。

維新

お吉は京都で、まさに動乱の時を過ごしました。

坂本龍馬、桂小五郎《かつらこごろう》、西郷隆盛《さいごうたかもり》、新撰組《しんせんぐみ》……幕末という時代を駆け抜けた男たちと時を共にしました。

龍馬の仲立ちで、敵同士であった薩摩と長州が手を結ぶ「薩長同盟《さっちょうどうめい》」が成ってからは、時代は大きく「倒幕《とうばく》」へと傾いていきました。龍馬は、自分が身分の低い武士の出身で、差別にも苦しめられていたこともあり、お吉をたいそう面白がり、京都に来るたびにお吉のもとを訪れました。

龍馬が口ぐせのように話す「差別などない自由な国」はお吉の憧れでもありました。龍馬から世の移り変わりを耳にし、夢を語り合いました。

お吉も、表向きは幕府の密偵《みってい》という役割を務めていましたが、お吉自身が信頼できると見極めた人物に対しては、命の危険もかえりみず、幕府側が不利になるような情報を与え、仲立ちをしました。

京都の祇園という目立つ場所にあって、お吉が大胆《だいたん》なまでの「開国運動」を続けられたのは、お吉の性根《しょうね》と、人を引き付ける魅力もあってのことでしたが、それはまさに「奇跡」といってもいいものでした。

お吉が京都に出て四年。京都は、今にも戦火につつまれそうな状況にありました。そんな折、突然、龍馬がお吉のもとにやってきました。

「お吉さん、やったぜよ、大政奉還《たいせいほうかん》がなったがじゃ」

「大政奉還？」「徳川が自分から政治を投げ出したがじゃ」

「徳川様が？」「ほうじゃ、これで戦争にならんですむぜよ！」

龍馬はお吉の目の前に大きく手を拡げ、喜びを体全体で表しました。

「坂本様の夢が実現するのですか？」

「そうじゃ、大きな一歩じゃ、じゃが、これからが忙しゅうなるがぜよ。新しい政府は、誰もが差別など受けん、自由な国にせにゃいかんからのう。これからじゃ、お吉さんも力を貸してくれや」

「はい！」お吉が返事をするかしないかのうちに、龍馬は飛び出していきました。

お吉は、龍馬の背中に新しい世の中を見ていたのでした。

　しかし、それから一か月後、龍馬が暗殺されたことをお吉は知ることになります。龍馬の死後、その思いとは裏腹に、時代は武力による討幕へと進んでいきます。鳥羽伏見《とばふしみ》の戦い、戊辰《ぼしん》戦争《せんそう》、江戸《えど》城《じょう》無血開城《むけつかいじょう》、会津《あいず》戦争《せんそう》、五稜郭《ごりょうかく》の戦い。

　それは「武士」と呼ばれた人々の最後の抵抗でした。

　武士の中でも、官軍となり、幕末を生き抜いた人々は、髷《まげ》を切り、西洋の服に身を包み、魂と言われた刀を銃に持ち替えていきました。

　あれほど、異国、異人と嫌っていた人たちが……。お吉は、そんな世の中のうつろいのなかで、自らの無力さを感じることしかできませんでした。

第四章　無情

再会

元号《げんごう》が「明治」となり、都が東京に移されると、幕府に雇われていたお吉は、追われるように京都を後にし、横浜へとたどり着いていました。

行動を共にしていた松浦武四郎は、蝦夷地に対する深い見識をもっていたため、明治政府から開拓判官《かいたくはんがん》という役職を拝命されました。

お吉の今後を心配した松浦は、一緒に蝦夷地に渡ることを提案しますが、誰にも迷惑をかけたくないとするお吉の意志は固く、松浦には黙って京都を出たのでした。お吉には、激動の時代を生き抜いた誇りがあったのです。

横浜での仮住まいを始めて二か月が経ちました。

お吉は、ハリスと出会ったときから幕末の動乱期にかけて、時代の裏側を見てきました。女子ということもあり、かつての幕府の役人にとっても、新政府の要職に就いている役人にとっても、存在してはならない人物でした。目立つ存在のお吉は、息をひそめるように横浜の町に隠れていたのでした。

そんなある日、「無礼者《ぶれいもの》が！」とどなる聞き覚えのある声をお吉は耳にし、路上で足を止めました。

そこには、かつての恋人、鶴松の姿がありました。昼時にもかかわらず、お酒を飲んでいたのか、足元がふらつき、商人風の男に向かって、声を荒らげていました。

「そちらからぶつかっておいて、謝りもせんのか！　商人ふぜいが、武士を侮辱《ぶじょく》する気か！」

鶴松は、その男に謝れと詰め寄っていました。

「じょうだんじゃない！　官軍に江戸城は明け渡され、もう徳川様の時代は終わったんだ。いつまでも武士、武士といばっていられると思ったら、大間違いだ。昼間からお酒を飲んでないで、働いたらどうだ」

「何を……」鶴松が言いかけたそのとき、「いい加減にしろ」「武士がなんだ！」「お前が謝れ！」

周囲の人々が、鶴松に対して罵声《ばせい》をあびせ始めました。

相次ぐ内乱で、町人は家を焼かれ、家族を失った者もいました。

幕府がなくなったことで、行き場を失った武士の乱暴なふるまいも増え、人々の我慢も

限界に達していたのです。
　鶴松は、這い出るように、その群衆から逃げ出し、お吉は、とっさに鶴松を追いかけました。足元がふらついて思うように走れない鶴松に、すぐにお吉は追いつき、背中越しに「鶴松さん！」と声をかけたのでした。
　鶴松は、その声に立ち止まり、振り返りました。そして、「お吉か……」と力のない声でつぶやくと、その場にへたへたと座り込んでしまいました。
　そんな変わり果てた鶴松の姿に、お吉は手を差し伸べるのでした。

同情

お吉は座り込んでしまった鶴松に優しく問いかけました。

「鶴松さん、どうしたの？　どうして下田じゃなく、この横浜にいるの？」

「お前、本当にお吉か、お前にはすまねえことをした……いくら謝っても許してはくれねえだろうが、笑ってくれ、俺にも罰《ばち》が当たっちまったようだ」

「どういうこと？」

お吉は、鶴松と目を合わせるように座り込んで、鶴松の手をにぎりました。

「お吉、俺を恨《うら》んじゃいねえのか？」

鶴松は上目遣《うわめづか》いにお吉を見ました。

「何を今さら、恨んであの頃に戻れるならそうするわ。でも、それは無理な話だし、鶴松さんに裏切られたお蔭で、私は誰にもできない経験をしたの、たくさんの人と出会えたの、世界を知ったの、鶴松さんと結婚して下田にいたら、何も知ることはできなかった……私は私なりに一生懸命に生きてきたのよ」

「お前、強くなったな……俺は、侍に取り立ててやるだなんて言われて、すっかり有頂天《うちょうてん》になっちまったが、名前だけの侍に役割なんて与えられなかった。それどころか、船侍《ふなざむらい》だの大工侍《だいくざむらい》だのとばかにされ、下田の人間からも、お前をハリスのところに差し出して出世した卑怯者《ひきょうもの》よばわりをされちまって……とうとう、下田から逃げ出しちまった。そして、こんどはその侍っていうもんもなくなるっていうじゃねえか……身から出たサビとは言え、何ともやりきれなくてな」

そこには、大地震、大津波のときに「心配すんな」と力強く支え、励ましてくれた、たくましい鶴松の姿はどこにもなく、時代に取り残され、後悔だけを抱えた小さな男がいるだけでした。

「鶴松さん、私たちもう一度、やり直してみない?」

信じられないような言葉が、お吉の口から出ていました。

「な……」

鶴松はその言葉に絶句し、なかなか次の言葉が出てきませんでした。大きく一つ息をして、落ち着きを取り戻してから、お吉に語りかけました。

「本気かお吉、お前、本気で言っているのか、自分が何を言っているのかわかってんの

か？　俺はお前を裏切った男なんだぞ、異人のもとに行かせた男なんだぞ。やり直すだなんて、俺をからかわねえでくれ」

「からかってなんていないわ。鶴松さんも、私に出会わなければ、侍になるなんて夢を持つことなんてなかったじゃない。私も世間じゃはぐれ者、鶴松さんも同じでしょ。この横浜で出会えたのも縁じゃないの。はぐれ者同士、手を取り合って生きていきましょう」

お吉は、落ちぶれた鶴松をほおってはおけなかったのです。それは愛情というよりは同情でした。「唐人」という運命を受け入れたお吉は、「鶴松」という運命をも受け入れたのでした。

帰郷

お吉と鶴松は横浜で一緒に住み始めました。

お吉は船宿《ふなやど》の仲居《なかい》として働き始め、鶴松は、再び、大工としての腕を磨こうと、横浜の大工のところに弟子入りをし、下働きをしながら汗を流していました。

ほんの一時ですが、二人は平穏な暮らしを続けていました。

お吉にとって、ハリスのところに行って以来、初めて経験する普通の暮らしでした。しかし、それも長続きはしませんでした。

鶴松は、一度は武士になった男です。そんな鶴松にとって、大工の下での長い下働きは耐え難いものでした。いつしか、一度はやめていたはずのお酒を少しずつ飲むようになり、その量は日に日に増えていきました。

「じょうだんじゃねえ、俺は世が世なら武士だった男だぞ、大工ごときに毎日、毎日こき使われて、やってられるか。みんなが俺を、武士くずれだ、よそ者だと言いやがる。お吉、酒だ、酒を持ってこい！」

この日、鶴松は大酒を飲んで、お吉にわめき散らしていました。

「鶴松さん、もうお酒を飲むのはやめて、そんなに大工が嫌ならやめればいいじゃない。ほかに仕事を見つけましょう。そうだ、鶴松さん、鶴松さんは船大工としては一流だったじゃないの。もう一度、船大工として頑張ってみたら」

「お前は何もわかっちゃいねえ。今の船は昔の船なんかとは全然違うんだよ。みーんな、明治になって変わっちまった……俺だけが昔のままだ……今さら船大工に戻れるはずがねえ」

鶴松は何もかもやる気をなくしていました。

お吉は、そんな鶴松に向かい合い、手をとって話しかけました。

「そうだ鶴松さん、下田に一緒に帰りましょうよ」

酒に酔っていた鶴松でしたが、お吉のその言葉に正気に戻されたようでした。

「お前、本気で言ってんのか、下田で何をされたか、何があったか忘れたわけじゃあるまい。あそこは、俺たちの人生を狂わせた町なんだぞ。また、唐人、唐人とさげすまれるんだぞ」

「だから私は、下田からやり直したいの。私は、京都にいるとき、〝唐人お吉〟って自分

から名乗ってた女よ。唐人なんて、へっちゃらよ。下田の町なら、よそ者扱いもされないし、この横浜じゃ、船大工としての仕事はないかもしれないけど、下田のような田舎ならあるかもしれないいじゃない。下田のような田舎ならあるかもしれないじゃない。私、運命に負けたくないの。逃げたくないのよ」

お吉は、鶴松の体を揺さぶって訴えました。

「お吉、お前って女は……」

鶴松はお吉の強さにただただ驚きました。

それから数か月後、お吉の強い説得によって鶴松も決心をし、共に手をたずさえ横浜を後にしました。お吉にとっては、実に八年ぶりの帰《き》郷《きょう》でした。

唐人まげ

二人が帰郷したのは、明治四年のことでした。

日本では、この年、廃藩置県《はいはんちけん》が行われました。

いわゆる殿様がいなくなり、県が置かれ、今につながる中央集権的な政治の基礎が築かれた年でした。

東京では馬車が走り、洋服屋が店を開き、横浜では鉄道工事も始まり、めまぐるしく西洋化が進んでいきました。

周囲の人々は、八年ぶりに下田に舞い戻ってきたお吉の帰郷、そして、鶴松も一緒に帰ってきたことに戸惑い、遠巻きに様子をうかがっていました。

下田に帰ったお吉は鶴松に、髪結《かみゆ》いの店を出すことを提案しました。

「鶴松さん、私、髪結いの店を出そうと思っているの。横浜でね、私、髪結いを教えてもらっていたの。〝唐人まげ〟って横浜や長崎ではやっているのよ」

鶴松はギョッとした表情を浮かべると、お吉に慌てたように言い返しました。

「ば、ばかいうもんじゃねえ。〝唐人まげ〟だなんて……、寝た子を起こすようなもんじゃねえか。八年離れていたお陰で、少しは静かに暮らせそうだっていうのに、お吉、なんでわざわざ〝唐人〟を名乗る必要があるんだ」

「鶴松さん、唐人っていう言葉が人を差別する言葉なら、〝唐人まげ〟なんて呼ばれるものがはやるわけないでしょ。私、〝唐人〟っていう呼び名を恥ずかしいなんて、ちっとも思ってないのよ。横浜の景色、覚えてる。見たこともないような建物に、鉄の車……。みんな不思議そうに眺めているけど、私ね、もう十年以上も前に、ハリスさんからアメリカの町の様子を聞いていたから、ちっとも驚かないの。私は少しだけ、誰より早くそれを知っていただけなの。

でも、知らない人からすれば、それは特別に見えてしまっていた……だから、唐人と呼ばれたの。でも今は、時代が違う。きっと下田の人もわかってくれる。ううん、私が変えなきゃいけない気がするの」

「そんなことを言っても、下田はまだまだ田舎だ。お前の思うようには……」

そんな鶴松の心配をよそに、お吉は髪結いの店を出したのでした。

お吉の店は若い娘の間で評判になりました。若い娘にとって、お吉が「唐人」と呼ば

れ、差別されていたことは、親から聞いて知ってはいましたが、美人で気が利き、何か都会的な空気をまとっているお吉は一方で憧れでもありました。

そんな娘の中には、すっかり年頃になった千代もいました。

「ねえねえ、お吉さん、京都や横浜のことをもっと聞かせて」

千代はお吉の帰郷がたまらなく嬉しく、昔のようにお吉にまとわりついていました。

娘たちは、親の目を盗んではお吉のところに通い、下田は唐人まげを結った娘であふれました。しかし、世間はそれを許してはくれなかったのです……。

嫉妬《しっと》

「おい、俺のところもだが、お前んところの娘も、あのお吉のところに行ったらしいな。何でも、お吉のところには、ハリスから貰ったとかいう西洋のもんがあるらしいが、それがたいそう綺麗《きれい》なんだそうだ。そんなもんで人の心を操ろうとは、いかにも、物や金で異人に身体を売ったあの女のやり口だ」

唐人まげが若い娘たちに流行すると、そんな心ない言葉が町のあちらこちらで聞こえてきました。

「おい、知ってるか、あの女、京都や横浜、江戸のことを自慢げに話しているらしいぜ。お陰で、俺のところの娘も、下田を出たいなんて言いやがって」

「おい、今は江戸じゃなく東京っていうらしいぞ」

「江戸は江戸だろ！　俺んところの娘も、そんなことも知らないの？　なんて言いやがる。ええい、忌々《いまいま》しいったらありゃしねぇ！　唐人ごときが何を知ったふうなことを言ってるんだ！　あの女、このままにしていたら、町の娘がみんなたぶらかされちまうぞ」

田舎に生きる人たちにとって、お吉が話す「新しい世」は、娘たちに対し、都会への憧れを不用意にもたせる存在でしかありませんでした。

ある日のこと、それは、夏祭りの日の昼時、人々が大勢いるなかでの出来事でした。

「おい、待ちやがれ！」「いやー」

人目をはばからず、娘を追っかけまわす一人の男がいました。そして、何とその男の手には刃物が握られていました。

男は娘に追いつくと、座り込んだ娘の髪をつかみ、髪をぐしゃぐしゃにすると、髪を引っ張って、その長い髪をばっさりと刃物で切り落としてしまいました。

「わー」

娘は、地面に顔を覆《おお》い隠すようにふせると、大声で泣き出しました。

男は、切ったばかりの娘の髪を右手で高く上げると、周りを見回しながら叫びました。

「なにが唐人まげだ！　俺は絶対に認めねえ！　みんな忘れたのか、こりゃ、あの唐人のまねごとなんだぞ！　娘を唐人にする親がどこにいる！　みんな、お吉にだまされんじゃねえぞ！」

そのあまりの迫力に、一瞬、周りは黙りこみました。

しかし、次第に「そうだ、唐人まげなんて許しちゃなんねえ」「お吉にだまされんな」という声が広がっていきました。

この男は、かつて、下田一の美人芸妓「お吉」に憧れていた男衆の一人でした。ひそかに、お吉に寄り添うように帰郷した鶴松に嫉妬をしていたのでした。

この事件以来、お吉の髪結いの店には、誰一人近寄らなくなりました。

別れ、再び

祭りの日の一件以来、お吉のところには人が寄り付かなくなり、鶴松の仕事も減っていきました。

鶴松は昔のように酒を飲むようになり、再び、お吉につらく当たるようになっていました。

「お吉、全部、お前のせいだ！　お前のせいで俺も白い目で見られるんだぞ！　だから言ったじゃねえか、お前が〝唐人まげ〟なんてもんを始めるからこうなっちまったんだ。しょせん、俺たちが下田で暮らすなんて最初から無理だったんだよ！」

お酒の勢いで、鶴松はいつものようにお吉に食ってかかります。普段は、そんな鶴松をなだめるお吉でしたが、その日は違いました。

「そうね、鶴松さんの言うとおり、私が悪かったんだわ……でも、私はこういう生き方しかできない女だし、〝唐人〟っていう言葉にも負けたくなかった……この下田でやり直すことが私の意地だった……でも、鶴松さんには鶴松さんの人生があるものね。私の生き方に巻き込んじゃいけないわね」

　お吉は、まるで自分に言い聞かせるようにつぶやくと、意を決したように鶴松に語りかけました。

「鶴松さん、私たち、別れましょう」それは決別の言葉でした。

「な、なんだ急に。お前、俺と別れるっていうのか。お前と別れて、俺は一人でどうしたらいいんだ」鶴松は急に慌てだしました。

　お吉はその言葉に、同情して一緒にいたために、鶴松を一人の男として駄目にしていたことをはっきりと悟りました。

「一緒にいたら、私たち二人ともきっと駄目になってしまうわ。鶴松さん、このお金があれば当分は暮らしていけるはずだから……」

　そう言うと、お吉は、しまっていた荷物の中から、大金を取り出し、鶴松の前に差し出しました。

「このお金は、ハリスさんが、自分がアメリカに帰っても、私が困らないようにと下さったもの。このお金を鶴松さんにあげる。もう一度、このお金で人生をやり直してほしいの」

「ば、ばか言ってんじゃねえ。こんな金……お吉、お前、俺を馬鹿にする気か！　俺は、二度とお前を裏切らねえって、決めてんだ。金じゃねえ、金じゃねえんだよ、お吉！」

鶴松は、目の前のお金を蹴飛ばすと、持っていた酒の盃《さかずき》をお吉に投げつけました。

しかし、翌日の朝、鶴松は、お吉が差し出した大金と一緒に消えていました。お吉は、鶴松の無事を祈りつつも、少しだけ空しさが込み上げてきました。鶴松との別れとともに、お吉の下田への執着も少し薄らいできていました。

別れから数か月後……お吉は小さな荷物を一つにまとめ、下田を後にしました。

金本楼《きんぽんろう》

下田を出たお吉は、流れ流れて、三島の金本楼に身を寄せていました。

ここでお吉は、再び芸妓となり、唄や踊りを客の求めに応じて披露《ひろう》しては、何とか生計を立てていました。

時は流れ、お吉もすでに四十近くになり、自らの素性を語ることは少なくなっていました。

そんなある日のこと、政府の高官が金本楼を訪れ、お吉が座敷に呼ばれました。いつものように踊りを披露していると、上座に座っていた高官から声がかかりました。

「おい、お前、ひょっとすると、お吉じゃないか」

それは、明治政府の高官となった勝海舟でした。勝は、上座からお吉のところに歩み寄ると、お吉の顔をまじまじと眺めながら、「やっぱり、お吉だ、おめえさん、あの唐人お吉だろ」

お吉は、京都にいたころ、親交のあった松浦との引き合わせで、一度、勝に会ったことがありました。

「勝先生、あの勝先生ですか」お吉は、思いがけない再会に興奮していました。

「おう、思い出したか、懐かしいねえ」勝は満面の笑みをお吉に投げかけ、上座へと手をひいてお吉を連れていき、人払いを命じました。

「勝先生、お元気そうで」

お吉は、酒の飲めない勝にお茶を入れました。すると勝は、そのお茶を手にして、湯呑《ゆのみ》を指さしながらお吉に話しかけたのです。

「今はな、これ、このお茶を牧之原《まきのはら》で作ってるんだ。幕府が倒れ、武士が役立たずになっちまった。おいらは、世間じゃ、幕府から明治政府に寝返った尻軽者《しりがるもの》と言われてるが、武士の時代を終わらせた一人として、やつらの行く末を見守る責任がある。徳川家もつぶしたくねえしな。しかし、あの頃が懐かしいねえ、龍馬も高杉も桂も、あの西郷まで死んじまった。みな、命をかけて、あの時代を駆け抜けた英雄たちだ。おまえさんもそうだったねえ。今、政府で偉そうにしているのは、西洋のお下がりを喜んで着ている亡者どもばかりだ。女子の身で、本当によく生き残ったもんだ。龍馬も、お前さんのことを話すときは本当に嬉しそうだった……お吉さんが、お吉さんがと……。松浦さんも心配してたぜ」

「私なんか……」

勝の話で、お吉は京都にいたときのことを思い出していました。

「どうでい、こんなところにいるこたぁねえ。おいらと一緒に仕事をしてみねえか」

それは、勝が、今のお吉の身の上を心配しての誘いでした。

「勝先生、ありがとうございます。でも、心配には及びません。私は、女一人で堂々と生きていきます」

そう話すお吉の目に迷いはありませんでした。

「そうかい、堂々とか……やっぱりあんた、唐人お吉だ。だが、困ったことがあったら、いつでも言ってくるんだぜ」

勝の目は、どこまでも優しいものでした。

安直楼《あんちょくろう》

勝海舟との思わぬ再会は、眠っていたお吉の心に再び火を灯しました。

そして、勝の口から、続けざまにハリスの死も告げられたのです。

数か月前、風の噂で鶴松の急死を知り、残りの人生をどう生きていくのか思案をしていたお吉にとって、心に一つの区切りがついたのでした。

勝に言い放った「堂々と……」という言葉が、お吉の頭の中をグルグルと回っていました。

実はお吉は以前から、常連のお客、西伊豆の船主、亀吉《かめきち》から「資金を出すから店を出さないか」という話を受けていました。お吉の唄と踊りに惚《ほ》れ込んだ亀吉は、純粋な心から、お吉を応援したいと思っていたのでした。

お吉は決心しました。

（私なりに堂々と生きていくなら下田に帰ろう……）

決めたらすぐ行動に移すお吉は、荷物をまとめると、すぐさま、下田へと向かったのでした。お吉の心を動かしているのは「堂々」という言葉でした。

下田に着くと、お吉は、唯一の親友である「たえ」のところを頼りました。

「お吉ちゃん、よく来てくれたね。もう下田には戻らないと思ってたんだよ。周りが何と言おうと、私はお吉ちゃんの味方だからね。お吉ちゃんが誰より優しくて、誰よりも強いって、そして誰より苦労したって、私は知ってる。お吉ちゃんを、未だに〝唐人〟なんて呼ぶ下田の連中は、古臭くて頭にカビが生えてんだ」

「まあ……」お吉は、何年ぶりかの再会にもかかわらず、昔と変わらず迎え入れてくれた、心許せる親友とのひとときに心が和んでいました。

「お吉ちゃんが店を出すなら、うちの空き家を使っとくれよ。借り賃なんていいからさ。そうだ、手伝いが必要なら千代を使ったらどうだい。あいつ、お吉ちゃんに付きまとっていたろ。もういい歳だけど、病気の父親を抱えて、未だに独り身でいるみたいだよ。お吉ちゃんが帰ってきたって聞いたら喜ぶよ」

何から何まで心配してくれている親友の存在が、お吉にはありがたいのでした。お吉は、たえの言葉に甘え、下田に「安直楼」という店を出しました。誰もが、気軽に安らげ

る店という意味の名前でした。
安直楼は、地元の人間からは避けられましたが、亀吉の紹介や風待ちで訪れる船主、船員などで賑わいました。千代はお吉をよく助け、夕暮れ時になると、二階の窓から澄んだお吉の歌声と三味の音が聞こえ、それは、下田の風物詩《ふうぶつし》になっていきました。
亀吉から借りたお金も順調に返し、いくら差別の言葉を投げられても、お吉にとっては、親友や千代の存在があれば、まったく気にはなりませんでした。
しかし、誰にも迷惑をかけない、そんな平穏な暮らしさえ、世間は許しませんでした。

火事

安直楼が繁盛《はんじょう》して二年近くが経った頃、一つの事件が起きました。

安直楼で酒を飲み、酔った客が下田の町で刀を振りまわし、斬り付けられた町の人々数人が怪我《けが》を負ったのです。その客は、元武士を名乗る男でした。

普段からお吉を快く思っていなかった町の人間が、大挙して安直楼を取り囲みました。お吉にとってはまったくの言いがかりでした。

「唐人、出てこい！　お前が下田に帰ってきてからろくなことがない！　きっと、昨日の男もお前がたぶらかしたんだろ！　何人が怪我したと思ってんだ！」

お吉は、恐る恐る殺気立った人々のいる外へ出ました。その時です……。

「あんたたち、いい加減にしなよ！　お吉ちゃんが何したってのさ！　ここで酒を飲んで悪さをしたら、みんなお吉ちゃんのせいなのかい！　お吉ちゃんはねえ、お国のためにと言われて、泣く泣くハリスのところに行ったんだ！　あんたたちにそれができたのかい！　お吉ちゃんが犠牲になったからこそ、今があるんじゃないか！　文句があるなら私が聞こうじゃないか！」

それは親友のたえでした。たえの後ろには、隠れるように千代もいました。あまりのたえの迫力に、「お前も唐人か！」などと意味のない言葉を吐き捨てながら、人々は去っていきました。

「たえちゃん、ありがとう。でも、無理しないで」お吉は、親友の心に手を合わせていました。

「気にすることはないよ」たえは気丈でした。

しかし、その夜のことでした……。

「火事だー」「火が出たぞー」夜陰《やいん》の中、人々の声が上がりました。

「早く、早く消して！」

逃げ惑う人々の中に、声を張り上げるたえの姿がありました。火事があったのはたえの家だったのです。

その一か月後のこと、安直楼にたえが訪ねてきました。

「お吉ちゃん、ごめんね。本当に言い出しにくいんだけど、私、家族と一緒に下田を出ることにしたんだ。お吉ちゃんに貸していたこの家も処分しなきゃなんなくなった。あの火

事で、家は全部は燃えなかったけど、お父もおっ母も恐がっちゃって、もう下田にいらんねえって。町のやつら、あの後も嫌がらせがあってさ……親も年だし……」

「たえちゃん、謝るのは私の方、すっかり私の事情に巻き込んじゃって、本当にごめんね」

お吉は、畳に頭をこすりつけるようにして、たえに謝りました。

「やめて、お吉ちゃん、お吉ちゃんが悪いわけじゃないもの。でも悔しいよ、何も悪いことしてないのに、何で、何でこんな仕打ちを受けなきゃなんないんだろう」

そんな親友の言葉に、ただただ謝ることしかできないお吉でした。

無情

「おい、聞いたか、たえのところ、夜逃げ同然で下田を出たらしいぞ」

「聞いたとも、唐人をかばった報いだ。やっぱりあの女は疫病神《やくびょうがみ》だ、あいつに関わっちゃなんねえ。だがいい気味だ、安直楼は閉めるらしいぜ」

火事があってからは、お吉への風当たりはますます強くなっていました。

店をたえから借りていたこともあり、安直楼は開店してから二年で閉めることになりました。資金を出した船主の亀吉は、お吉に、下田を出た後再び店を出すことを勧めましたが、お吉は首を縦に振りませんでした。

この頃から、お吉には以前にも増して、差別に激しく抵抗する気持ちが芽生えてきていました。下田から逃げるようなことはできなかったのです。

お吉は、町はずれに小さな家を借り、暮らすようになりました。

しかし、昼となく夜となく、ドン、バンとお吉の住まいに石が投げつけられました。時には小さな子供までが、「唐人やーい」と言っては家に石を投げ、お吉の姿が見えると、蜘蛛《くも》の子を散らすように逃げ出していきました。

家を訪れるのは、小さいころからお吉を慕っていた千代だけでした。

「お吉さん、もう下田を出た方がいいよ。私は病気の父親がいるから、下田を出られないけど、もう、私も恐くて恐くて……」

「千代ちゃん、もう私のところには来ないで、あなたまでつらい目に遭《あ》うわ。でもね、私は、何一つ間違ったことはしていないの。ここで逃げたら、私が出会った、大切な人たちに顔向けができないの。私は下を向いて生きるわけにはいかないの。わかって、さあ、早く帰んなさい」こんな会話が繰り返されました。

この頃お吉は、「そんなにお吉が憎いなら」と、人が集まるところにわざと顔を出していました。

満足な食べ物もなく、物を投げつけられる生活のなかで、お吉は半身の自由が利かなくなり、半身を引きずるように町をさまようようになりました。

そんなある日、いつものようにお吉が町を歩いていると、それを見つけた町の人々が周りではやし立てます。

「おい、唐人、いつまで下田にいるつもりだ」「こんな昼に歩かれたら迷惑だ、この疫病

神が」「もっと早く歩けねえのか」

心ない言葉が次々とお吉の身に降りかかります。

そのときでした。

「おい、千代、お前がこの唐人と関係ないなら、こいつを今、突き飛ばしてやれよ」

その中に千代の姿があったのです。

「お前、病気の父親がいるんだろ、火事になったら大変だぞ」

そんな声に後押しされるように、千代は目をつぶり、恐る恐るお吉の背中に手をあてました。

するとお吉は、ザザーと驚くような勢いで前のめりに倒れたのでした。

説得

お吉を突き飛ばした形になった千代は、お吉の背中を押した手を見つめ、しばらく呆然《ぼうぜん》と立ち尽くしてしまいました。

お吉は、少しだけ千代の方を振り返り、不自由な身体をゆっくりと起こすと、何も言わず、前に歩き出しました。

「わー」

そう叫んだ千代は、お吉と逆の方へと走り出していきました。

それは、千代に課せられた、お吉に対する踏絵《ふみえ》のようなものだったのです。

そんなある日、一人の男がお吉のもとを訪れました。高価な洋服をまとった、伊佐新次郎でした。

「お吉か……」

下田一の美人芸妓といわれたお吉の、あまりに変わり果てた姿に、伊佐は唖然《あぜん》としました。この頃のお吉は、着古した着物に髪はボサボサ、不自由な体をかばうように身を丸くしていたのです。

「伊佐様、ああ、伊佐様ではありませんか」お吉は少しだけ目を輝かせました。

「お吉、お前、何でこんなになるまで、私を頼ってはくれなんだ。なぜ、私に恨み言の一つも言わないのだ」

伊佐は、お吉になじられるのを覚悟していました。

「伊佐様を恨んでなんになりましょう。あのときは、伊佐様も命を懸《か》けてのお役目でございました。私は、自分の意志でハリス様のもとへ行ったのです。そうでなければ、私は今頃生きてはいません。私は、ちっとも後悔なんてしてはいません。後悔なんて辛くなるだけですから……」

「お吉、お前、こんなになっても……お前は本当に強い女子だな。私は今、牧之原にいる。勝海舟殿のもとでお茶の開墾《かいこん》をしておるのだ」

「ああ、勝先生のもとで……」お吉の口から思わず言葉がもれました。

「勝殿も、お前のことを大変気にかけておってな、お前が困っていたら、できる限りのことをしてほしいと私に頼まれたのだ。私と一緒に来てはくれまいか」

「伊佐様、せっかくではございますが、私は誰にも迷惑をかけて生きていきたくはないの

です。私と関わった人間は不幸になってしまいます。どうぞ、私のことは忘れてください」
「忘れられるわけなどないではないか。お吉、お前のことを片時《かたとき》も忘れたことなどない。お前の話も聞かずに、乱暴に扱ってしまったこともずっと後悔しておったのだ。私は侍を捨て、世の中に合わせて変わることを選んだ。だがお前は、どんなに落ちぶれようとも、頑固《がんこ》なまでに自分の生き方を通そうとしている。私は、お前に償《つぐな》いがしたいのだ。頼む、お吉、私と一緒に来てくれ」
そう言うと、伊佐は、自らの上着を脱ぎ、お吉の背中にかけたのでした。
伊佐の熱心なまでの説得にお吉も折れ、伊佐と共に、下田を後にしました。

第五章　静寂

安らぎ

お吉は、伊佐の世話で、中伊豆にある「東府屋《とうふや》」という旅館に世話になることになりました。

東府屋は徳川家康公の側室《そくしつ》「お万の方」が入湯され、子宝に恵まれたという、徳川家ゆかりの由緒《ゆいしょ》ある旅館でした。

お吉には、世話係の仲居が専用に付けられ、不自由な体を癒すための温泉、川魚に豊富な山の幸が揃《そろ》えられた食事、部屋の近くには清流が流れ、聞こえてくるのは、川のせせらぎに鳥たちのさえずり、風になびく木々の音だけでした。そこには、人々のねたみや醜《みにく》い争いは一切ありませんでした。

お吉はそこで、生まれて初めて安らぎの日々を過ごしたのです。

二年の月日が流れました……。伊佐は、数か月に一度、お吉の様子を見に東府屋へと足を運んでいました。

その日、お吉は東府屋の川べりに座っていました。あれほど薄汚れていたお吉は、この二年の間に見違えるようになっていました。顔色は良くなり、髪はいつも整えられ、派手ではありませんでしたが上等な着物に身を包み、丸くなっていた背中は真っ直ぐに伸びるようになっていました。

「お吉、いつもこの川べりに座っているそうだな、具合《ぐあい》の方はどうだ?」

伊佐は、後ろからお吉に優しく問いかけました。

「ああ、伊佐様、また私のために、わざわざこんな遠い所まで来てくだすったんですね。いつもありがとうございます」

お吉が腰を上げ、頭を下げようとすると、伊佐は「そのままでよい」と言いながら、お吉の隣に腰を掛けました。

「それで、ここから何が見えるかね?」伊佐はお吉に問いかけました。

「はい。ここでは、毎日が本当に穏やかです。温かくて美味しい食事に、体を癒《いや》す温泉、世話をしてくれる人たちは本当に優しくて……こんなに安らげる日々を過ごしたのは初めてです……でも……」

「でも? なんだ」

「でも、毎日がその繰り返し、ここから川を眺めていると、上から下へと流れていく水

が、まるで私の人生のように感じるんです。ここに落ちている石の一つ一つを数えていると、まるで自分の残りの人生を数えているようで……。思い出すのは、下田の海を眺めていたころのこと……あんなに辛いことばかりだったのに、いつも海の向こうを思い、ワクワクしながら考えていたときのことばかりが頭をよぎるんですよ。

伊佐様、私は、今、生きているんでしょうか？　死んでいるんでしょうか？」

「何を馬鹿な、お前は、もう充分に国に尽くしたのだ。もう楽をして暮らせばよいのだ」

伊佐は、そんなお吉をいさめましたが、お吉の心は決まっていたのです。

物乞《ものご》い

東府屋で静養を始めて二年、「下田に帰りたい」と、お吉は連日のように訴えるようになりました。

伊佐だけでなく、勝も旅館を訪れ、必死に説得を試みましたが、お吉の強い意志の前に承知をせざるを得ませんでした。

勝は、当座のお金をお吉に渡し、下田の役所にも手を回し、町の人がお吉に手を出さないように見張ることを命じました。

勝の思いやりは、思わぬ形で裏目に出ます。お吉に直接、危害を加えられなくなった人々は、「お吉に関わるとろくなことがない」、「お吉を見ると目が腐る、お吉に触ると手が腐る」という言葉をはやらせ、「無視」するという行動に出たのです。町の人々はお吉の姿を見かけると、家の戸を閉めたり逃げ出したりするようになりました。

いつの間にか、お吉には物も売ってくれなくなりました。そして、「関わりたくない」という理由で借りていた家も追い出されてしまったのです。お吉には、使い道のないお金だけが手元《てもと》に残ってしまいました。

途方に暮れ、町をさまよっていると、一人の男の子がお吉に近寄ってきました。

「少しでいいから、お金を下さい、食べ物を下さい」

一日中、同じことを言わされているのでしょう。その言葉には感情らしきものがありませんでした。

「坊や、坊やは私が怖くはないのかい。私が誰だかわかっているのかい?」

「知らない……なんで怖いの……」男の子は力なく答えました。

お吉は着物の袖からお金を取り出し、男の子に与えました。

「え、いいの、本当にくれるの、こんなに、わーい」

さっきまでとは別人のように、男の子は目を輝かせました。

この男の子は、当時、下田に十六人いると言われていた物乞いの群れにいる子供でした。家族に捨てられた者、事情があって下田に流れ着いた者……その理由はさまざまでしたが、町はずれの一角にその人々は身を寄せ合っていました。

お吉は、すべてのお金を彼らに渡し、誰も近寄らない海辺の片隅に、雨風をしのげる小屋を建てました。

彼らには、彼女が誰であれ関係ありませんでした。少なくともそこにいる全員が差別を受けてきたからです。

漁師の目の届かない場所で貝や海草を拾い、時には野草も口にしました。

しかしそこには、貧しくとも助け合って暮らす人々の暮らしがあったのでした。

（もしかしたら私は、こういう暮らしを夢見ていたのかもしれない……）

お吉は、そう思い始めていました。

しかし、そんなささやかな暮らしでさえ、長続きはしませんでした。

おにぎり

夕暮れ時、物乞いの群れがある海辺に、人目を忍ぶように、時折、おにぎりを持ってくる年配の女の人がいました。

この女性は、下田にある宝福寺《ほうふくじ》という寺の住職の母にあたる、「おうめ」という女性でした。

「皆さん、少しですけど、召し上がってください」

おうめが姿を現すと、お腹を空かせた彼らは、おにぎりに群がりました。

「あれ、あの人は……」

おうめは、群れから離れて海を眺めている女性を指さして、不思議そうに尋ねました。

「ああ、お吉さんかね。あの人はこの群れにいるが、あまり人から物をもらわないんだよ。ほんとに変わってるよ、お腹は空いているはずなのにさ」

おうめは、おにぎりを手に取り、お吉のそばまで近付くと、背中越しに声をかけました。「おにぎり、食べませんか?」

お吉は、後ろを少し振り返り、軽く会釈《えしゃく》をすると「ご親切、ありがとうございます。でも私は、あなたからおにぎりをもらう理由がありません。お気持ちだけいただきます……」

それは、単なる意地から出た言葉には聞こえませんでした。

凛《りん》とした姿をお吉に感じたおうめは「すいませんでした」と謝りました。

そんなある日のこと。野草を摘《つ》んで帰ってきたお吉の耳に、町の人々の話し声が聞こえ、とっさに身を隠しました。

「おい聞いたか、あのお吉、最近見かけないと思ったら、この物乞いの群れに入ったらしいぞ、あれ見ろよ、物乞いのくせに小屋なんか建てやがって！　汚らしいったらありゃしない。火でもつけてやろうか！」

「やめとけ、お前も物騒《ぶっそう》なことを言うな、お吉に手を出して見ろ、役人に捕まっちまうぞ」「なーに、物乞いの人間がどうなろうと、知ったことか」

お吉は、その言葉を聞いて、もう群れには帰りませんでした。自分のために、群れの人間が巻き添えになることが怖かったのです。

お吉は町をさまよいました。人々の冷たい視線に耐え、不自由な体をひきずり、裸足の

足はひび割れ、着物が日に日に重くなってい
き、何日も食事を口にしませんでした。
ある雨の日でした。気が付くとお吉は、宝福
寺の境内《けいだい》に立っていました。
それは無意識だったのかも知れません。おう
めはお吉の姿を見つけると、手早くおにぎりを
にぎり、お吉の後ろから「お吉さん、おにぎり
だよ」と呼びかけました。おうめも、お吉が町
中に差別されていることがわかっています。人
目についたら大変です。振り返らないお吉の背
中に、何度も何度も押し付けました。
お吉は振り返りこう言いました。
「そんなにお吉にもらってほしいのかい?」

豪雨の舞

宝福寺のおうめとお吉のやり取りは毎日続きました。

「私は物乞いじゃない」とも言いたげに、必ず背中を向けて立つお吉、そのお吉の背中におにぎりを押し付けるおうめ、何度目かに「そんなにお吉にもらってほしいのかい？」と必ず告げるお吉……。そんな光景が何度も何度も繰り返されたのです。

おうめは、そんな最後のお吉の誇りを大事にしてあげていたのでした。

それは、お吉の命と心をつなぐおにぎりでした。

夕暮れ時、いつものように、お吉は寺の井戸で水を汲んで、そのおにぎりを食べていました。すると突然、数人の人たちがお吉を取り囲みました。それは宝福寺の檀家《だんか》の人々でした。

「おい、唐人、よくもずうずうしく毎日、ここでおにぎりを貰ってやがるな。おうめさんの親切に甘えやがって！　ここには俺の家の墓もある。唐人が出入りする寺にはしたくねえんだ。もう二度とここには近よんじゃねえぞ！」

そう言ってお吉の手を棒で叩くと、持っていたおにぎりが地面に落ちました。

お吉は慌てて、不自由な手で、落ちたおにぎりをかき集め、自らの着物の胸元に仕舞い込んだのです。

「汚ったねえなあ。そんなにおにぎりが欲しいのか！　お前はやっぱり物乞いお吉だ！」

お吉はゆっくりと立ち上がると、おにぎりを入れた胸元をしっかりと押さえて、その場を立ち去りました。もう、お吉の目には涙も出ませんでした。お吉は、とうとう、どこにも行く場所がなくなってしまいました。

どれだけ歩いたでしょう。稲生沢川《いのうざわがわ》という川を上流に向かってつたい歩きしていき、気が付くと、門栗ヶ淵《かどくりがふち》という川のほとりにたどり着いていました。

すると、ポツリ、ポツリと、冷たい雨がお吉の肩を濡らしていきました。そして、その雨は次第に強く、激しくなっていきました。


「お父う、すごい雨だね。でも、何か、唄が聞こえるよ」

「ばかいうでねえ、こんな豪雨の日に誰が唄なんか……早く寝ろ」

「ほんとうだよ、ほら、耳を澄ましてごらんよ」

「ん……あれほんとだ、こんな雨の日に……なんてきれいな唄声なんだ……」

それは、お吉の唄声でした。着物は濡れ、雨でズッシリと体中が重くなっていたはずです。でも、お吉は最後の力を振り絞るように、踊りました。

下田一の美人芸妓と言われ、祇園の芸妓として活躍したお吉の最後の舞でした。

もちろん、お客は一人もいません。お吉は、まるで天に向かって踊るように、天に聞こえるような声で精一杯唄い、舞ったのでした。

それは、お吉が最後に見せた奇跡でした。

静《せい》寂《じゃく》

あれほど激しく、お吉の体に叩《たた》きつけるように降っていた雨がピタリと止み、あれほど吹き荒れていた風もおさまりました。

後に残ったのは、時折、木々の葉から雨粒が滑り落ちる音しか聞こえない、静寂の世界でした。

お吉は舞うのを止め、その場に座り込んでいました。

その静寂のなか、お吉には、今まで出会った人たちの声が、はっきりと聞こえてきました。

「オキチ！　オキチ！」ハリスの弾《はず》むような声が聞こえました。

「お吉、心配すんな」鶴松のたくましい声です。

「ねえ、ねえ」千代の甘える声に、甘えて抱きついたときのぬくもりが、冷たくなった手に宿りました。

「お吉ちゃん、ごめんね」少し寂しげなたえの声でした。

（ううん）お吉は少しだけ首を横に振り、心の中で「ありがとう」とつぶやきました。

「お吉さん、差別のない、自由の国を造るのがわしの夢ぜよ」

龍馬の声と、身振り手振りで話す、あの愛すべき姿が浮かんできました。

「もう充分だ」「もう楽をして暮らせばよいのだ」

勝や伊佐の、お吉を心配する声が聞こえてきました。

そして、東府屋で過ごしたやすらぎの日々が、お吉の脳裏《のうり》に浮かびました。

「おにぎりだよ」おうめの優しい声も聞こえます。

「あの海の向こうに何があるんだろう」と、飽きることなく海の向こうを眺めていた子供のころの自分の姿も見えました。

お吉の心には、不思議なことに、恨みや後悔の念など、一切ありませんでした。

お吉は両手を胸の前に合わせ、「ありがとう」と心の中でつぶやき、重くなった体を引きずるように、少しずつ川に近づいていきました。

空の雲は消え、先ほどの豪雨が嘘のように満月が浮かんでいました。

静まった川面《かわも》には、その満月がくっきりと姿を映し、あたかも月に照らされた光の道に誘われているようでもありました。

お吉は、その光の道に沿うように真っ直ぐに進みました。

（ハリスさん、鶴松さん、私も少しだけ疲れました。でも、後悔なんてしてません。私は、自分の道は自分で選んで歩いてきたんです。たくさんの人の優しさに包まれて、ここまで生きてきました。

きっと、世の中は変わるでしょう。きっと、すべての人が笑って暮らせる世の中になるって信じています）

お吉は、心の中でそう念じながら、冷たい川に身を投じたのでした。

季節のわりに、まだまだ寒い日でした。

お吉、波瀾に満ちた五十一歳の生涯でした。

お吉の涙

翌日、お吉の遺体は、地元の青年たちの手によって川から引き上げられました。

しかし、それがお吉だとわかると、関わりを持ちたくないという気持ちから、筵《むしろ》が遺体にかぶせられたまま、無情にも、そのまま放置されてしまいました。

放置されて三日経ったある日のことです。

宝福寺の竹岡大乗《たけおかだいじょう》住職が、法事の帰りに門栗ヶ淵の川辺に放置されている遺体を目にしました。

近くに通りかかった村人をつかまえて、大乗は聞きました。

「もし、あの遺体は誰のものだね。なぜ誰も引き取ってやらないのだ」

「和尚《おしょう》さん、ありゃお吉だよ。菩提寺《ぼだいじ》も引き取りを断ったっていうし、おらたちだって、関わりたくねえだよ。何せ、見ただけで目が腐るちゅう、あのお吉だ。悪いことは言わねえ、見ないふりをした方がええで」

大乗は、母のおうめとお吉のやりとりを見て知っていました。

お吉を見捨てることなどできないと思った大乗は、いったん寺に戻ると、人足《にんそく》をお願いするために檀家を回りました。

「冗談じゃねえ、和尚《おしょう》さん、気は確かなのか！　あの、お吉だぞ、関わるもんなんてこの辺にはいやしねえ。悪いことは言わねえ、止めといたほうがいい」

ほとんどの檀家は、大乗の求めに応じてくれません。しかし、熱心にお願いする大乗をみかねて、やっとのことで、檀家の中の二人が人足を引き受けてくれました。

大乗と人足を引き受けた二人は、大八車を引いて、門栗ヶ淵に向かいました。季節は三月も終わりのころでしたが、寒い日が続いていたおかげで、遺体は驚くほどきれいな状態でした。

しかし、その遺体を大八車《だいはちぐるま》に乗せるときでした。

ザザーッと、遺体に含まれていた水が、一気に下に落ちました。

それはまるで、お吉の一生分の涙のようでもありました。

宝福寺に到着すると、おうめが待ち構えていました。

おうめは、自分が持っていた中で一番上等な着物をお吉に着せました。

冷たく変わり果てたお吉の頰《ほお》をなでながら、「綺麗だよ、お吉さん、ごめんね、あんた

のこと、救ってあげられなかったね。本当にごめんね……」

毎日のおにぎりのやり取りが、おうめの心とお吉の心をつないでいたのでした。

大乗は、お吉を過去帳に記し、真《まこと》の歓《よろこ》びという意味を込め、「貞歓《じょうかん》」という法名をお吉に与えました。

そして、お吉の骨は、人足の墓に埋められることになりました。

しかし、その差別は、お吉が死んでからも終わることはありませんでした。

それは、この宝福寺にも、降りかかってくることになるのでした。

覚悟

お吉の遺体を引き取り、寺に葬《ほうむ》ったことを聞きつけた宝福寺の檀家の人々は、血相を変えて寺に押し寄せました。

「住職、いったいどういうことだ。あれほど言ったじゃねえか。お吉を引き取るなって……あれは唐人だぞ。俺たちは唐人と同じ墓所《ぼしょ》に入るってのか」

「では聞くが、お吉は私たちと何が違うのだ。いや、そもそも唐人とは人ではないのか？死んだ人間に差別の心を向けるとは、恥ずかしくはないのか」

「何言ってやがる、俺たちは、和尚の説法を聞きにきたんじゃねえ！　嫌なもんは嫌なんだ！」

「いいですか、それは心に鬼がいる証拠です。心の鬼をはらいなさい」

大乗は一歩も引く様子などありませんでした。

「何だと！　和尚だと思って、黙って聞いてれば、こんなことは言いたかねえが、どうしてもお吉を引き取るってんなら、こんな寺、潰《つぶ》れちまうぞ！」

「そうだ、そうだ」「それでもいいのか！」そんな声が大乗を包みました。

大乗は大きく一つ息をすると、本堂に響き渡るような大声を出しました。

「よく聞きなさい！　私は御仏《みほとけ》につかえる身として、仏となったお吉をそのままにしておけなかっただけです。もし、このことで、この寺が潰れてしまうようなら、そんな寺は潰れてしまえばいいいんです」

大乗の言葉に、流石《さすが》に勢いのあった檀家の人々も言葉を失いました。

「よし、その言葉、忘れんなよ」「この住職じゃ話になんねえ」

人々は口々にそんな言葉をつぶやき、寺を後にしました。

その後、「唐人と同じ寺は嫌だ」という理由で、次々と檀家が宝福寺を離れていきました。

お吉の遺体を引き取って、たった二か月後、大乗は下田を追放されました。

大乗はこの後、横浜で死刑囚の教戒師《きょうかいし》を務めることになります。

下田に帰ることができたのは、身体を壊してからのことになりますが、すでにお吉の死から三十八年が経っていました。

昭和の時代に入ったその頃、お吉の名前が意外な形で世の中に出ます。

下田の医師、村松春水《むらまつしゅんすい》の「実話唐人お吉」が、人気作家だった十一谷義三郎《じゅういちやぎさぶろう》の目にとまり、『唐人お吉』が出版され、全国的な大ヒットとなったのです。

『唐人お吉』に描かれたお吉は、ハリスのところに泣く泣く差し出され、恋人鶴松に裏切られ、晩年は酒におぼれ、次第に落ちぶれ、狂乱のうちに川に身を投じた、正に悲劇を絵に描いたような物語でした。

人々はこの姿に哀れを感じ、「かわいそうな女」として涙しました。

後悔

「お吉物語」が世に広まって数年後、新渡戸稲造《にとべいなぞう》博士が下田を訪れました。

新渡戸は、この少し前、アメリカで「お吉物語は虚像である。そもそもお吉の存在があったかも怪しい」という主旨の論文を発表していましたが、そのことを確かめるために来ていたのです。

下田の寺院を訪れ、お吉のことを知っている古老から、直接話を聞いて回りました。しかし、お吉のことに関しては、口をつぐんでしまう人が多く、なかなかお吉の実像に近づいていけませんでした。

下田に滞在する日もわずかとなり、新渡戸は、「千代」という老女のところを訪ねました。そう、お吉にまとわりついていた、あの千代でした。

千代は、自分の知る限りのお吉の生涯を伝えました。お吉が、どんなに前向きで、どんなに時代に貢献した人であったか。京都での開国運動。どんなに迫害を受けても、「自分は悪いことはしていない」と何度も下田に舞い戻ってきたこと。死んでからも差別をされたこと……すべてを包み隠さず話しました。

「あの人は、孤独な人ではあったかもしんねえが、あの物語のように、大酒飲みなんかじゃねえ、人を恨んだりもしていねえ、それどころか、本当に優しい人だったのさ」

「千代さんは、お吉さんとはどんな関係だったんですか？」

「おら、小さいころに母親を亡くしたもんで、お吉さんを母親のように思ってた……そら、綺麗な人だったし、憧れてた……気を引きたくて、いっつも、お吉さんの周りを飛び跳ねてたんだ。安直楼っていう店も手伝った。一緒にいられれば幸せだった。なのに、それなのに……」

　そう言うと、千代は右手の手のひらをじっと見つめ、言葉を止めました。

「どうしたんですか」新渡戸が優しく問いかけました。

「なのに、おら、この手でお吉さんを突き飛ばしちまっただよ。家を火事にされるのが怖くて、次は自分がいじめられるんじゃねえかって……おら、最低だ。だけんど、おらはお吉さんの背中を触っただけだったんだ、本当に触っただけだったんだ……だのに、お吉さんは思い切り前に倒れた、不自由な体で、突き飛ばされたように前に倒れただよ、わざと倒れたんだ」

「わざと？　何でわざとだなんてわかるんですか？」

「笑っただよ」

「え……」

「お吉さん、立ち上がるとき、チラリとおらの方を見て、笑っただよ……何も心配すんな、千代は大丈夫って、あの頃と同じ優しい目でおらを見ただよ……」

そう言うと、千代は何度も何度も右の手のひらを、左の拳《こぶし》で叩き始めたのでした。

四十年以上経った今も、千代は後悔し続けていました。

やまとなでしこ

新渡戸は、お吉が入水した門栗ヶ淵に立っていました。

お吉の生涯を千代から聞き、「お吉物語」をうのみにし、確認せぬままにアメリカで発表してしまっていたことを、心の底から後悔していました。

新渡戸は手を合わせ、胸の中でお吉の姿を思い浮かべていました。

一人の娘が抗《あらが》えるはずもない時代という荒波に、自ら立ち向かっていくお吉の姿を……。誇り高く、恨みや後悔など一遍もないままに旅立ったお吉の姿を……。

それはまさに、厳しくも凛《りん》とした、新渡戸の母「勢喜《せき》」の姿に重なっていました。

新渡戸は、南部藩《なんぶはん》（今の岩手県）の侍の家に生まれました。父を四歳の時に亡くした新渡戸は、「父の子、侍の子にふさわしい人になるまで、再び母の顔を見ることはなりません」と、九歳にして勉強のために上京させられますが、九年ぶりに里帰りする途中で母は亡くなり、臨終《りんじゅう》に間に合いませんでした。

教育熱心な母は、新渡戸に手紙を送り続け、励まし続けました。

新渡戸の心には、幼きころの母の面影がいつもありました。

そんな母の姿をお吉に重ねながら、新渡戸はお吉のために一首の歌を詠《よ》みました。


からくさの浮き名のもとに枯れ果てし君が心はやまとなでしこ

唐人と言われたお吉は、誰よりも誇るべき日本人の女性であったと……。

そして、この歌を彫った「お吉地蔵」を、門栗ヶ淵に寄進することを地元の者に託すと、地蔵の裏に、目立たぬようにひっそりと母の命日「七月十七日」を刻むことも頼んだのでした。

そして、これよりわずか一か月後、新渡戸は、平和への最後の交渉の場となる「第五回太平洋会議」出席のため、カナダへ渡り、そこで病に倒れ、カナダの地で七十一歳の生涯を終えることになります。

残念なことに、新渡戸は「お吉地蔵」を目にすることはできませんでした。

お吉地蔵が建立されて五年後……第二次世界大戦が始まります。

とうとう日本とアメリカは戦争に突入してしまいます。
日本とアメリカとの掛け橋になろうと、一生懸命に生き抜いたお吉の心も、最後まで平和を願い続けた新渡戸稲造の思いも、残念ながら届きませんでした。

しかし、どんなにひどい差別に遭《あ》っても、どんなに理不尽《りふじん》な目に遭っても、決して誇りを失わなかった一人のやまとなでしこの姿は、私たちの心の中に永遠に残っていくことでしょう。

お吉ヶ淵（お吉が身投げをしたとされる場所）に建つ、新渡戸稲造が寄贈した「お吉地蔵」。今では地元でも知る人は少ない

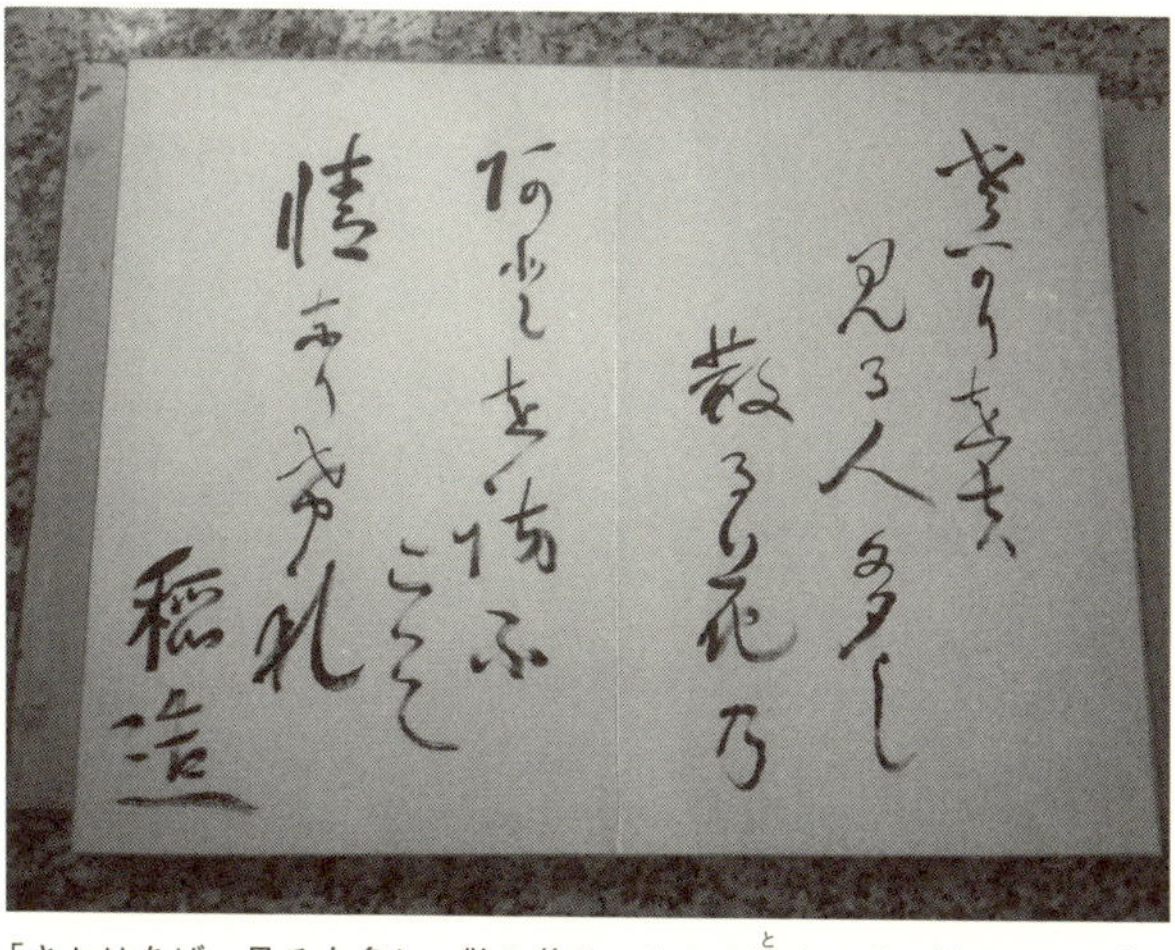

「さかりをば　見る人多し　散る花の　あとを訪《と》ふこそ　情なりけれ」
お吉ブームの最中、真実を確かめに下田を訪れた新渡戸稲造が、夢想国師（臨済宗の僧）の歌に自身の心情を託して書き残した書（平野屋所蔵）

お吉が営んでいたとされる「安直楼」。当時の面影を偲ぶことができる。
お吉の遺品なども残されているが、現在は閉鎖されている

２年間の湯治をしたといわれる「東府屋」。現在は「東府やResort&Spa-Izu」としてリニューアルオープンされ、敷地内に併設される「唐人お吉館」には、お吉を下田まで送った際、天城越えをしたとされる駕籠が展示されている

おわりに

数年前、宝福寺のお吉さんのお墓の前で、中学校一年生の女の子に、お吉さんの話をする機会がありました。

その後、私のもとにこんな内容の手紙が届きました。

「先日はありがとうございました。（中略）実は私はクラスの中でいじめられていた経験があります。でも、お吉さんは、町中の人にいじめられても誇りを捨てなかった、負けなかったんですね。私はクラスの中でいじめられていただけど、お吉さんは町中の人にいじめられても負けなかった。私もお吉さんみたいに強い女の人になりたいと思います」

私は、改めて、この女の子の手紙を通じて、お吉さんが、百二十年以上の時を超えてなお、現代社会にパワーを授けてくれる存在であることを認識しました。

私が一番に心を動かされたのは、物語にもある「おにぎり」のくだりです。

これは、宝福寺に伝わる口伝ですが、「そんなにお吉にもらってほしいのかい」というお吉さんの言葉を聞いたとき、身震いがしました。

物乞いの群れに入りながら、暑さや寒さ、飢えに苦しみながら、「私は物乞いじゃない」と言えるその強さに、この人の底知れない誇りの根底はなんだろう？　という思いが心の底にずっとありました。

その後、宝福寺やお吉さんの親友が残したとされる口伝、町の人々から偶然耳にした話など、私がイメージするお吉像に合致する内容のことが、次々と私の耳に入ってきました。

まずは、親友であった方が残した、「お吉さんは、松浦武四郎というお侍に連れられて、京都の祇園で芸妓をしながら開国運動をしていたよ」という口伝です。

京都へ？　開国運動？　その二点だけでも、充分に驚きでしたが、松浦武四郎という人物を調べていって、さらに驚きました。

この松浦は蝦夷地の探検家で、「北海道」という名前を命名した方です。

アイヌという原住民を松前藩の圧政から体を張って守り、黒船来航時、宇和島藩の依頼を受けて下田に長期滞在し、『下田日誌』という記録も残していました。下田との関わりはもとより、差別された民族を命がけで守った男が、差別されたお吉さんを連れていったということになります。さらには、あの吉田松陰や勝海舟とも深い親交があった人物です。

その後、お吉さんが「京都にいた」ということを裏付けるように、「京都の大徳寺前に唐人お吉と呼ばれる人物がいて、それはその界隈では有名なことでした」と証言してくださる京都出身の方との出会いもありました。

「唐人お吉」という名前が残っていたということは、自ら「唐人お吉」と名乗っていた可能性もある、と考えたのもこのころでした。

「唐人」を差別用語として、「なぜ、今も、唐人お吉などと呼んでいるんだ」と怒られる観光客の方もいらっしゃいます。

しかし、もし自らが名乗っていたとしたら、私たちは大きな間違いを犯していることになるのではないでしょうか？

また、静岡の方で、わざわざ宝福寺住職を訪ねたご婦人が、「私の父は、お吉物語のお吉さんが、本当に物語のような人だったのかを確かめたくて、唐人お吉を世に出した作家さんのもとを訪れ、質問をしたところ、お吉さんは大変聡明な立派な方で、貰った給金の分は充分に勤めを果たしたと思うが、そのままでは物語にならないので、あのように描いてしまった……と、懺悔されていたそうです。私はこのことを自分の胸の中にだけ納めておけなくて、長年苦しんでいました。ご住職に話すことができて、良かったです」と話されたそうです。

下田に在住している私の知り合いは、「祖母から聞いた話だけど、孤独な人には違いなかったけど、酒飲みではなかったと言っていたよ」と話してくれました。

他にも、「そんなにお吉が憎いなら」とわざわざ人通りのある場所を歩いていた話や、豪雨の夜、お吉さんの歌声が聞こえてきたエピソードなど、それは口伝として残されています。

なぜ私が、お吉さんの口伝を書き連ねているのかと言えば、それは、消えてしまうからです（親友がいたことは口伝によっていますが、たえ、千代は、創作上の人物です。また、物語上、坂本龍馬、勝海舟とお吉が出会っていますが、これは京都にいたという口伝に基づいた、願望を含めたフィクションです）。

「唐人お吉」の物語は、人間の醜さ、そして弱さを如実《にょじつ》に表現したもので誰しもが悲劇として受け止めています。物語を知る誰もが「かわいそうに」といって、お吉さんの墓に手を合わせます。

お吉19歳（安政5年撮影）

　しかし、もし世に流布《るふ》する物語上のお吉さんが虚像であり、真実のお吉さんが、国にも大きく貢献し、差別にも堂々と立ち向かった女性であったならどうでしょう。彼女は墓の下で、全力で虚像のお吉像を否定し、「違うの」と叫び続けていることでしょう。

　一大ブームを巻き起こした「唐人お吉」を否定するつもりはありません。

　でも、ここに書いたような「もう一つのお吉物語」があってもいい気がします。

　そしてそれが、今に生きる私たちに「生きる力」を与えてくれるものならば、お吉さんも本望だと思うのです。

坂本龍馬	時　代
郷士の次男として高知城下に生まれる。	
千葉道場に入門。（19歳）	●浦賀に黒船来航
江戸より帰国。河田小龍に啓発される。（20歳）	●ペリー下田に来航。日米和親条約締結。吉田松陰投獄される。安政東海地震
	●駐日総領事ハリス、下田柿崎の玉泉寺に領事館を置く
	●日米修好通商条約調印。安政の大獄
	●吉田松陰処刑される
	●桜田門外の変
土佐勤皇党に加盟。（27歳）	
沢村惣之丞と共に脱藩。勝海舟門下に入る。（28歳）	●ハリス職を辞して帰米する。寺田屋事件
宝福寺にて山内容堂、勝海舟が謁見し、坂本龍馬の脱藩赦免。	●薩英戦争
龍馬と海舟、下田で蝦夷開拓の夢を語る。（29歳）	
亀山社中を設立。（31歳）	
寺田屋で幕吏に襲われるが脱出。お龍を伴い薩摩へ。（32歳）	●薩長同盟成立
亀山社中を「海援隊」とし隊長となる。「船中八策」を提案する。京都、近江屋にて暗殺される。（33歳）	●大政奉還
	●新政府、船中八策を基にした「五箇条の御誓文」を発表。廃藩置県

年譜

年	斉藤きち
1835（天保六）	
1841（天保十二）	愛知 内海に生まれる。
1847（弘化四）	新田 村山家養女としておせんに養われる。（7歳）
1853（嘉永六）	
1854（嘉永七・安政元）	芸妓になる。芸と艶やかさは評判となり「新内明烏のお吉」と呼ばれていた。大津波のため、実家の籍にもどる。（14歳）
1856（安政三）	鶴松と将来を誓い合う。（16歳）
1857（安政四）	幕府の強圧により鶴松との愛を裂かれ、ハリスの接待役となる。（17歳）
1858（安政五）	
1859（安政六）	母、姉や知人の諫言と町民の攻撃が強く、ハリスの接待役をやめる。（19歳）
1860（万延元）	「唐人お吉」と言われ世の風は冷たく、やけ酒をあおることが多くなる。（20歳）
1861（文久元）	
1862（文久二）	松浦武四郎に伴われ、京都の祇園で芸妓をしながら、開国論を説く。（22歳）
1863（文久三）	
1864（元治元）	
1865（慶応元）	
1866（慶応二）	
1867（慶応三）	
1868（明治元）	鶴松と再会。横浜にて同棲する。（28歳）
1871（明治四）	下田に帰り、髪結業を営む。（31歳）
1876（明治九）	鶴松と別れ、三度芸妓となる。（36歳）
1882（明治十五）	安直楼を開く。（42歳）
1884（明治十七）	安直楼廃業。（44歳）
1889（明治二十二）	乞食の群れに入る。（49歳）
1891（明治二十四）	門栗ヶ淵に身を投じ、波瀾の生涯を終える。（51歳）

お吉、空白の5年間

お吉を伴った松浦武四郎は勝海舟、吉田松陰との関わりも深く、お吉は京都で多くの志士と交わったと考えられる。そして、その中に龍馬がいたとしても何ら不思議はない。女性の身で、龍馬さながらの活躍をしたお吉の姿を想像するとき、光と影であった二人の人生がひとつに重なるのである。

著者プロフィール

石垣 直樹（いしがき なおき）

昭和40年3月生まれ。静岡県下田市出身。

東京の会計事務所に5年間勤務し、平成3年に帰郷。

下田商工会議所に3年間勤務の後、平成6年4月に社団法人伊豆下田法人会の事務局長に就任し、現在に至る。

平成20年4月、宝福寺住職とともに「伊豆龍馬会」を立ち上げ、現在副会長を務める。

〔著書〕
『お吉と龍馬　風の出会い』（2009年、文芸社）

挿画

市田 茂（いちだ しげる）
昭和12年7月生まれ。北海道深川市出身。
昭和35年、武蔵野美術大学を卒業後、静岡県伊東市内にて、中学校（美術科）の教師を38年間、東伊豆町熱川中学校に講師として勤務。
現在、平和活動"伊豆からの発言「アートでピース」展"企画運営委員及び伊東美術会会長を務める。

カバーデザイン 鈴木伸弘

伝承秘話　唐人お吉　君が心はやまとなでしこ

2013年3月27日　初版第1刷発行
2015年1月15日　初版第2刷発行

著　者　石垣 直樹
発行者　藤本 敏雄
発行所　有限会社万来舎
〒102-0072　東京都千代田区飯田橋2-1-4　九段セントラルビル803
☎ 03(5212)4455
E-mail　letters@banraisha.co.jp

印刷所　株式会社エーヴィスシステムズ

NDC

ISBN978-4-901221-66-5